KB246169

지구촌 곳곳에서 박창수 작가가 여행중 만난 사람들

여행!
사람 사랑을 배우다

여행!
사람 사랑을 배우다

초판 1쇄 인쇄_ 2012년 12월 28일
초판 1쇄 발행_ 2013년 1월 3일
지은이_ 박창수
펴낸이_ 진성옥 · 오광수
펴낸곳_ 꿈과희망
출판기획 및 지원_ 정성수(부강테크 대표) · 김주옥(굿윌코퍼레이션 대표)
디자인 · 편집_ 김창숙, 박희진, 최정인
마케팅_ 김진용
주소_ 서울특별시 용산구 갈월동 101-49 고려에이트리움 713호
전화_ 02)2681-2832
팩스_ 02)943-0935
출판등록_ 제1-3077호
http://www.dreamnhope.com
e-mail_ jinsungok@empal.com
ISBN_978-89-94648-35-4   03810
ⓒPrinted in Korea.

※ 잘못된 책은 바꾸어 드립니다.
※ 가격은 뒤표지에 있습니다.

여행! 사람 사람을 배우다

박창수 지음

파리 세느강

세느강과 다리

에펠탑

파리의 크리스마스연휴 거리풍경

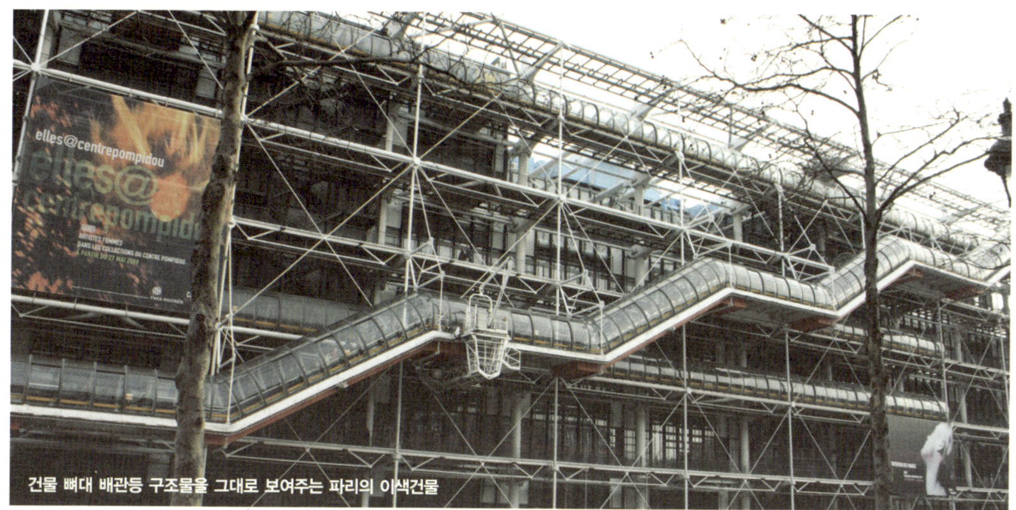

건물 뼈대 배관등 구조물을 그대로 보여주는 파리의 이색건물

베르사이유 궁전 내 목장

루브르박물관

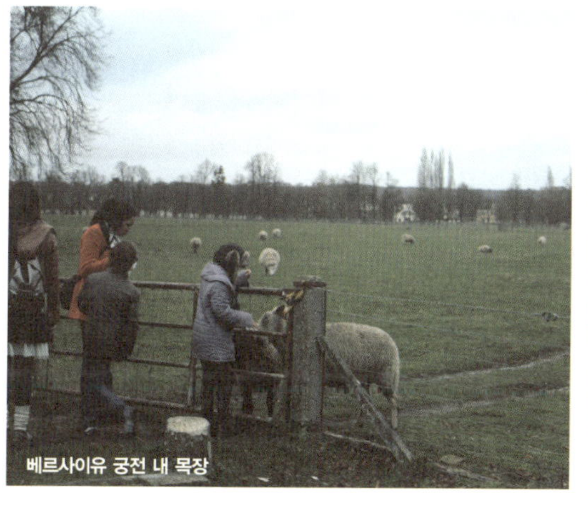

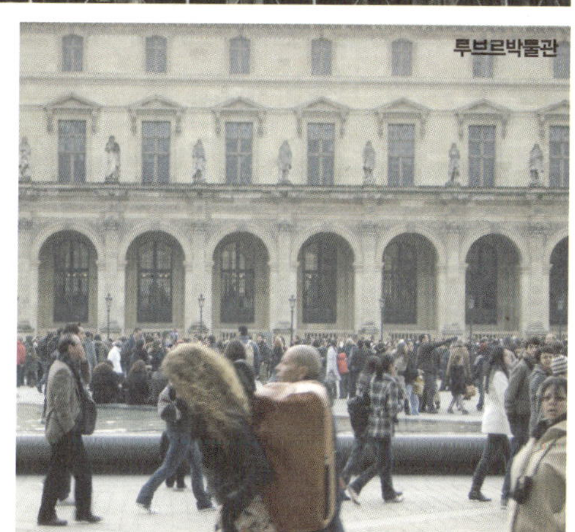

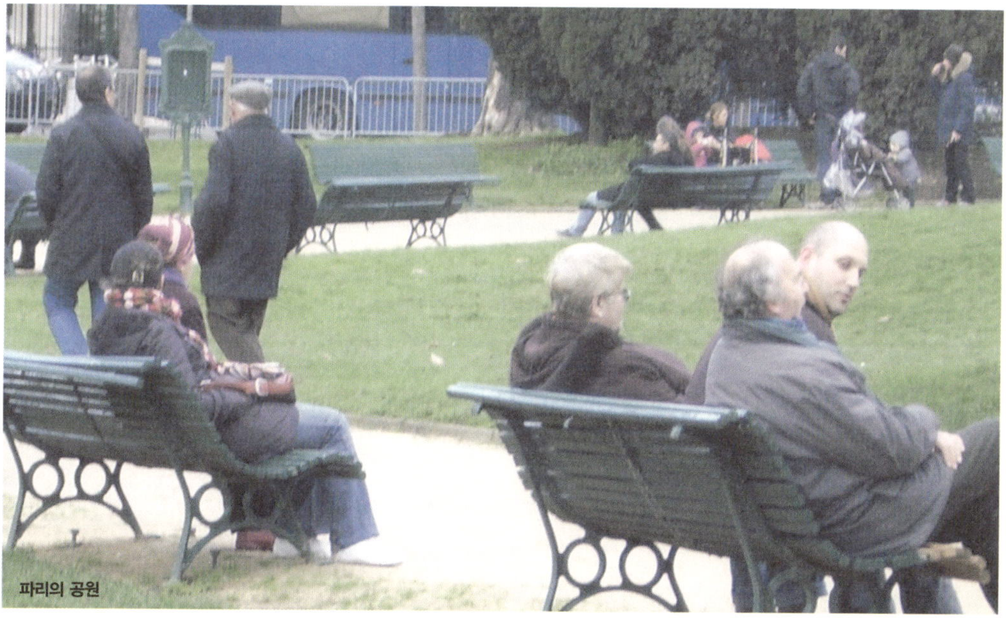
파리의 공원

터키 카파도키아의 괴레메 동굴

터키 에디르네에서 만난 시인

터키 이스탄불 수퍼마켓 친구 '칸

터키 이스탄불 해뜨는 모습

암스테르담 담 광장

암스테르담 꽃시장

카파도키아 가이드 제시카

암스테르담 고흐 박물관

암스테르담 레드숍

암스테르담 운하

암스테르담 운하

이스탄불 블루모스크

이스탄불의 성벽

암스테르담 풍경 ⬇

프랑크푸르트 미술관

프랑크푸르트 교외 마을 풍경

하이델베르그의 성

프랑크푸르트 빌딩

프랑크푸르트 구시가지

똘레도 성문 ↑

← 바르셀로나 구엘공원 건물의 천정

똘레도를 감싸고 도는 강

마드리드 마요르광장

똘레도의 광장

동경 하라주꾸역 주변

동경 생필품 할인숍

하라주꾸 뒷골목 거리

contents

길 위에서 휴머니즘을 만나다

십여 년을 넘게 발길이 향하는 곳으로 떠나고 돌아오길 반복한다. 역마살이 끼어도 단단히 낀 것이 틀림없다. 기다려주는 이도 없고 떼돈 벌 일도 없는데 무작정 떠난 것이 한두 번이 아니다. 때로는 현지에 대한 자세한 정보도 없이 그야말로 무식한 여행을 떠나곤 했다. 떠나는 횟수가 늘어나다 보니 한 번 갔던 곳을 다시 찾아가기도 하고, 전에 만났던 사람들과 이산가족 상봉하듯 재회의 기쁨을 나누곤 했다. 일 때문에 떠난 적도 있지만 일을 만들어서 아니면 밥벌이와 상관없이 떠난 적도 여러 번이다.

누군가 물었다.

"경기가 좋은 가 봐."

해외로 향하는 여행이니 경제적 여유가 있어서 떠나는 줄로 생각하는 이들이 적지 않았다. 지금까지도 앞으로도 '돈' 생각하면 일주일 이주일씩 소요되는 그것을 지속하기는 힘들 것이다. 어디론가 떠나는 일을 저지르는 방랑벽을 아무도 못 말리고 나 자신 또한 통제 불가능한 일이 되다 보니 이건 타고난 팔자인지도 모르겠다.

여행은 마음에서 시작된다. 1년 전 또는 6개월 전부터 목적지를 정해놓은 후 시작되는 설레임과 기다림은 생활의 활력소가 되고 항공기에 탑승하는 순간부터는 무한대의 자유를 느끼게 된다. 예상치 못한 상황에 부딪히기도 하지만 미리 겁 먹고 두려워하지 않는다. 사람이 있기 때문이다. 어딜 가든 사람이 있고 그들만의 냄새가 있다. 게다가 먼저 살다 간 사람들의 의해 남겨진 역사와 발자취가 있다.

그간 터키, 유럽, 중국, 호주, 일본 등등 10여 개국 50여 개 곳이 넘는 지역을 다녀왔다. 숱한 여행에서 지금까지 내게 남아 있는 것이 있다면 그것은 바로 사람이고 또 사람냄새다. 그들이 풀어놓는 순수하고 인간적인 냄새에 취하지 않았다면 나의 여행병은 일찌감치 사라졌을 터였다.

나를 내 안에 가두어놓는 것만큼 답답한 일은 없다. 가끔씩은 스스로를 넓은 세상과 자유를 항해 풀어주는 일 그것이야말로 자신에게 주는 멋진 선물이 아닐까.

이 책을 만나는 독자들에게 나는 미지의 세계에서 만나는 사람들과 함께하는 특별한 휴머니즘을 추억으로 만드는 일 그것을 두려워하지도 말고 망설이지도 말라고 전하고 싶다.

– 박창수

여행

그냥 떠나면 된다.

떠나고 싶을 때 떠나야 그게 여행이다.

돈 때문에

일 때문에

떠나지 못한다고 말하지 마라.

여행은 그냥 떠나는 것이다.

푸짐하게 가져 갈 것도, 가져 올 것도 없다.

인생이 그렇듯이

빈 몸으로 떠났다가

빈 몸으로 돌아오면 그만이다.

비센테! 너에게로 또다시

솔 광장에서 오후 두 시.

과연 비센테 그 친구가 나올까? 미모의 젊은 여인도 아니고 칙칙한 동양의 중년사내를 단지 동갑내기 친구라는 이유만으로 그것도 우연히 만나 술 한 잔 마시다가 한 약속을 지킨다는 그 자체가 적당히 무리가 따르는 일이 아닌가. 꼭 만날 거라는 기대는 하지 않았다. 다만 동양의 문화에 대해 매우 호의적이어서 소통이 잘 이루어지는데다 영어가 통하지 않는 마드리드에서 적당히 영어가 통하는 그 친구를 만난다면 여행에 여러모로 도움을 얻을 거라는 기대를 갖고 숙소에서 5분 거리인 솔 광장으로 나갔다. 혹시나 했더니 역시나 비센테는 보이지 않았다. 약속 시간보다 10분이 지났는데도 여전히 그 친구의 모습을 발견할 수가 없었다. 그냥 가야 하나 더 기다려야 하는 건가. 머릿속에서 갈등이 요동을 치는데 바로 그때였다.

"암 쏘리 쏘리. 창수 쏘리."

헐레벌떡 뛰어온 비센테는 미안해서 어쩔 줄 몰라 긴장하고 당황
해하는 표정이 역력했다. 그의 그런 입장과는 달리 늦게라도 나타난
그를 보는 순간 나는 몇 년 만에 친구를 만난 것처럼 반갑기만 했다.

"노 프로블럼."

사실이었다. 얼마나 고마운 일인가. 잠시 스쳐가듯 얼굴 한번
보고 대화 조금 나눈 관광객과의 약속을 철저히 지켰으니 이건 나
보다도 비센테가 대단한 것이다. 그런데도 자기가 늦게 왔으니 점
심을 사겠다고 했다. 그를 따라 들어간 마요르 광장 뒤편의 레스
토랑은 역사가 오래된 집이었다. 한 시간 반 동안 빵과 스프 - 스
테이크 - 스파게티 - 와인으로 이어지는 스페인식 정식메뉴를 먹
으며 우리는 한국과 스페인 음식에 대한 얘기를 주고 받았다. 비
센테는 중식, 한식 다 좋아한다고 했다. 싱가포르의 아트칼리지
교수로 근무하고 있는 그는 당시 겨울 방학을 맞이해 고향으로 휴
가를 즐기러 와 있는 중이었다.

그후로도 우리는 세 번을 더 만났다. 장소는 늘 솔 광장이었다.
하루는 스페인 농촌의 작은 마을에 가보고 싶다고 하자 마드리드
에서 기차로 한 시간 반 정도 떨어진 교외의 한적한 농촌마을로 안
내해 그곳의 펍에서 호프를 두어 잔씩 마시고 돌아왔고, 또 다른
날은 함께 마드리드 시내 구경을 하고 한국식당에 가서 음식을 먹
었다. 그리고 하루는 바에서 맥주를 마시며 즐거운 시간을 보냈다.
나이가 같은데다 비센테가 이미 동양의 문화에 대해 익숙해 있던
터라 우리는 오래된 친구처럼 함께 떠들면서 즐거웠다. 서로의 국

가나 문화에 대한 이질감이나 부담감 같은 게 없었다. 키 큰 유럽의 화가와 키 작은 동양의 작가는 이렇게 인연을 맺게 되었다.

6개월이 지난 후 2006년 7월 초 비센테는 인천공항에 나타났다. 서울 관광도 하고 나와 만날 겸 8박 9일 일정으로 찾아왔고, 나는 공항으로 그를 마중 나갔다. 서울에 머무르는 동안 그에게 한국의 음식, 모임, 술, 관광명소 등과 다양하게 접할 수 있는 기회를 만들어주려고 나름대로 시간을 많이 할애하긴 했다. 의정부에 있는 친구 집에서의 모임에도 데리고 가고, 아내가 싸준 김밥 도시락을 들고 한옥마을 구경을 함께 가기도 했다. 저녁이면 선술집, 호프집, 포장마차 등 한국의 술 문화를 다양하게 느껴보도록 했고, 영어가 좀 되는 선후배들을 불러서 함께 대화를 나눌 수 있는 시간도 가졌다. 그런데도 그가 떠난 후에는 더 다양한 것들을 보여주지 못한 것, 음식이나 선물을 더 챙겨주지 못한 것에 대한 아쉬움이 남았다.

그후 우리는 이메일을 통해 서로 연락을 하며 지냈고, 2008년에는 중국 난징에서 전시회를 한다며 초대장을 보내왔다. 마음은 굴뚝 같았지만 형편상 갈 수 없었고 아쉬운 마음과 미안한 마음만 지금도 가슴에 응어리처럼 남아 있다. 2010년 초부터 연락이 끊겼다. 학교 이메일로 연락을 했던 터라 그의 마드리드 주소나 전화번호는 알지 못한다. 아무래도 스페인으로 돌아간 듯했다. 박사과정을 끝내면 돌아갈 거라고 했기에 그런 느낌이 든다. 물론 싱가포르 학교에 전화를 걸어 알아보는 방법은 있지만 아직까지도 시도하지 못하고 있다.

언젠가 꼭 비센테를 만나겠다는 나의 마음은 변함이 없다. 오히려 시간이 흐를수록 그에 대한 기억과 정이 더욱 커져만 가는 것 같다. 된장, 고추장이 맛있다면서 온갖 야채 쌈을 두루두루 섭렵하며 즐기던 유럽인 친구, 동대문 쇼핑가에서 조카들 선물로 줄 옷까지 일일이 사던 세심한 친구, 아들 미술 공부에 도움이 되길 바란다며 유명한 전문가가 펴낸 미술공부 책까지 선물로 주고 간 정 많은 친구 비센테!

중세유럽의 문화유산 보고와 같은 똘레도와 세고비아를 꼭 다시 가겠다고 마음먹고 있는 나로서는 스페인과 비센테를 떼어놓고 생각할 수 없다. 때문에 늘 '비센테 기다려줘. 아마도 2~3년 내에는 마드리드 솔 광장에서 널 꼭 다시 만날 거니까.' 라는 다짐을 하면서 그의 얼굴을 떠올리곤 한다.

2012년 초 6년 만에 나는 다시 마드리드로 갈 일이 생겼다. 그를 만나볼 수 있는 절호의 기회였지만 안타깝게도 우리는 다시 만나지 못했다. 미술을 공부하는 아이의 현장견학치 떠난 여행이었기에 마드리드에서 3일간의 일정은 매우 빡빡했다. 어떻게 손을 써볼 시간적 여유조차 없었던 것이다. 그렇다고 비센테를 잊을 내가 아니다. 언젠가 반드시 스페인에 가게 될 것이고 그때에는 출국 전에 마드리드 현지 미술인협회 인명록을 뒤져서라도 비센테의 연락처를 알아낼 것이다. 기자경력은 바로 이럴 때 써먹어야 되지 않겠는가. 오늘도 나는 혼잣말로 전한다.

"비센테 조금만 더 기다려주길 바래. 창수는 곧 너를 만나러 갈 거니까."라고.

비센테^{Vicente}의 편지

20 of December I return home for Christmas from Singapore where I live and work.

We all spend time celebrating this important festivity, for me this is the only time of the year where me and my family can spend time together for this especial occasion I have a big family four sisters and one brother a typical Spanish family.

Concretely my parents are both from south Spain where people use to say are warmer and friendlier.

I was born in Madrid the capital of Spain a city where everybody is welcome, an open city where the citizens like to go out to meet their friends, where chatting eating and drinking are the most common activities of the Spanish people.

The winter in Madrid it can be quiet cold but the sun is always out so people like to sit outdoors in caf?s and restaurants with the good winter clothing on.

There he was by causality of destiny I meet my friend Chang su from Seoul Korea, he was the first time that he has visited Spain for a short period, he told me that It was writing a travel guide about Spain I offer myself to show him some parts of Madrid by walking I love walk, we when to the old part of the city we have food and drinks in same of the local bars of Madrid we visited some historical places in Madrid.

Chang su ask me to recommend him some interesting cities to visit during his stay in Spain I told him Spain is a big country with a long history and very different from south to north east two west I suggest four different cities Barcelona one of them Toledo and Segovia from Madrid near by fourth it was Granada in the south.

All this cities are very different among each ether for different reasons all beautiful at the end we sat in one of the outdoor caf?s in Paseo de la Castellan chatting and having a coffee in a lovely sunny afternoon he told me if one day I decide to go to Korea he will be personally show me Seoul in Korea.

20 June 2006 from Singapore decided to go and visit my friend Chang su in Seoul I am going for six days It was the first time that I visit Korea and my first impression when I arrived to the airport was great, big, modern and functional architecture, impressive !

Surprising Seoul is a big city but not too congested like other of Asia cities, surrounded by mountains Seoul is full of energy and vibrancy and with many pleasant places to go like the walking area by the new river side in the middle of the city just beautiful!, the weather it was just perfect not too hot like a spring.

My friend Chang su introduce me the city of Seoul in the same way I did back home, by foot.

Chang su kindly show me Historical parts of the city and daily activities of the peoples of Seoul like to do when they are out ,food , drinking meeting friends just like Spain great!

I was impressed with the Royal garden and Palace his harmonic balance with nature ,also the architecture of the national museum of Korea, impressive! Chang su introduced me to the unforgettable Korean food just hot and delicious.

Next time I will visit Korea I would like to see other parts of the country it had been a great and pleasant visit, to me often Korea remain Spain in many ways, the people , the weather, all full of passion for life.

For the last day in Seoul as like five months ago in Spain Chang su and I ironically we sat in an outdoor bar having a cold beer and chatting

The truth is that Korea it will one of my favorite places to visit again especially when you a have a good Korean friend like Chang su

Viva Korea! tito

카파도키야의 매력 덩어리 '제시카'

터키를 떠올리면 머릿속에서 지워지지 않는 두 여인이 있다. 한 사람은 2주 동안 묵었던 민박집 여주인이고, 또 다른 여인은 카파도키야의 여행 가이드 제시카다. 제시카에 대한 기억은 터키, 카파도키야, 눈 내리는 겨울, 관광버스, 장윤정의 노래 '어머나' 로 이어지는 언어 속에서 그려진다.

한국인과 일본인들이 가장 즐겨 찾는다는 터키의 관광지 카파도키야. 유명 관광지라는 소문만 듣고 이스탄불에서 심야버스를 타고 6시간 정도 달려서 새벽에 도착한 그곳은 추위 때문인지 온통 낯설기만 했다. 바위에 동굴을 뚫어 만든 호텔의 화장실은 추위에 꽁꽁 얼어 있었다. 그나마 다행인 것은 버스에서 내리자마자 다른 일행들의 투어에 합류하여 적은 돈을 내고도 아침식사를 할 수 있었던 것이다. 빵과 커피 계란이 전부지만 그것만으로도 풍족한 아침식사가 아닐 수 없었다.

15인승 미니 관광버스를 타고 산등성이에 다다르자 드디어 카파도키야의 매력이 한눈에 드러난다. 여기저기에 널려있듯이 자리한 괴암괴석들의 향연은 언제 낯선 느낌을 가졌을까 싶을 정도로 마음을 한결 경쾌하게 그리고 신비감에 젖어들게 했다.

카파도키야의 괴뢰메 지역은 흔히 '그린투어' 지역으로 잘 알려져 있다. 오랜 옛날에 화산이 폭발한 후 숱한 세월 동안 비바람을 맞아온 바위들이 한마디로 '경이롭다' 는 표현에 잘 어울릴 만큼 다양한 모습을 한데다가 그 바위 속에는 이곳으로 피난해 온 그리스도교인들이 실제로 살았던 수많은 바위동굴(집)들이 여기저기 널려 있다. 게다가 바위들은 낙타바위, 토끼바위, 할머니 할아버지 아빠 엄마 아기 등 가족바위 식으로 저마다 이름을 달고 그 특별한 자태를 보여준다.

그런데 카파도키야의 진짜 매력은 따로 있었다.

"안녕하세요. 이제는 제가 한국노래를 불러드릴게요. '어머나' 입니다.

어머나 어머나 이러지 마세요……."

스물셋의 귀엽고 깜찍한 터키 아가씨 그녀의 이름은 제시카다. 노래도 노래지만 영어로 소개를 하는 중간중간 한마디씩 던지는 한국말은 그녀의 인기를 한결 더 높이 올려주었다. 가이드를 한 지 2년 되었다는 그녀는 10년은 된 프로처럼 말도 잘하고 사람들 비위도 잘 맞추었다. 직업인으로서의 능력과 테크닉이야 당연한 것이겠지만 함께 관광하는 일행들 모두를 사로잡는 그녀의 매력은 또 다른 것이었다. 말투에서 묻어나는 진솔함과 시종일관 밝은 표정 그리고 조심스러운 듯하면서도 생기 넘치는 행동이 그랬다.

관광지를 둘러 볼 때마다 그녀는 말한다.

"오빠, 어서 와요."

"오빠, 몇 살이에요?"

"오빠, 나 한국 남자 소개시켜 주세요."

혹자는 이 글을 읽으면서 유부남에게 '오빠' 라고 살갑게 부르면서 잘 따랐기에 단지 그녀를 칭찬해 주는 듯한 인상을 받을 수도 있겠다. 결코 그것은 아니었다. 오죽하면 현지 한글학교 교사로 재직하기에 한국에서 방문한 어머님을 위해 지난해에 이어 다시 이곳을 찾았다는 한 여교사는 마음속으로 '오늘도 제시카가 가이드를 맡았으면 좋겠다' 라고 생각했을 정도였단다. 그러니 굳이 구구절절 설명을 하지 않더라도 제시카 그녀가 던지는 인간적인 매력은 카파도키야를 대표하는 명품이라고 해도 과언이 아니었다.

투어 중에는 터키식으로 만든 귀금속을 판매하는 숍에도 들른다. 이때 매장에 들어가기 전에 제시카는 내 귀에 대고 말했다. "비싼 편이예요." 라고. 또 도자기 공장을 방문하고 나오면서 우리 일행이 아무것도 사지 않아 미안한 마음에 한마디 던졌더니 그녀는 "노 프로블럼. 괜찮아요."라고 말한다.

아침 아홉시 반부터 오후 한시까지 지속된 오전투어는 바위동굴을 오르내리느라 다들 기진맥진해 있었다. 게다가 낯선 땅에서 아침을 먹었으면 얼마나 든든히 먹었겠는가. 사람들은 이구동성으로 배고프다고 말하면서 제시카에게 물었다.

"우리 언제쯤 점심 먹죠?"라고.

그러자 제시카의 장난기가 발동했다. 터키의 주식은 '케밥'이다. 잘못 발음하면 '개밥'이 된다. 그런데 개밥도 아니고 제시카가 하는 말이 '말밥'이란다. 말똥을 태워서 만든다나 어쩐다나. 우리 일행은 다들 농담이려니 하며 웃으면서도 정말 점심은 무엇인가 걱정을 했다. 그런데 이게 웬일인가. 1일 패키지 투어인 이곳 투어의 점심은 만찬 수준이다. 뷔페레스토랑에서 먹고 싶은 것 마음껏 먹을 수 있으니 말이다. 일행 중 50대 아주머님은 자식 같은 20대 대학생들에게 말했다.

"아이구. 많이들 먹어. 한창때 먹어야 힘쓰지. 남자들 배곯으면 아무 일도 못해. 많이 먹어두라고."

벌써 6년이 지난 일이다. 제시카 그녀는 아직도 카파도키야를 지키고 있을까?

카파도키야 여행

카파도키야의 괴뢰메에는 바위동굴이 셀 수 없이 많다. 가족 단위로 살았던 동굴(집)들은 물론이고 교회, 기숙사, 학교 등 다양한 동굴들도 있다. 동굴타운 한가운데로는 협곡이 형성되어 있으며, 양옆으로 서 있는 바위들마다 뚫린 동굴집들의 모습은 가히 자연이 빚어낸 예술작품이라 해도 좋을 만큼 멋지게 펼쳐져 있다. 또 어떤 동굴은 높이가 20미터는 족히 넘을 만한 뾰족한 바위의 정상 부분에 자리해 있어 과연 그곳에 사람이 살았을까 하는 의심마저 들 정도다. 1990년대만 해도 이곳의 일부 동굴에는 사람이 거주했다고 한다. 하지만 지금은 터키 정부의 정책에 의해 사람은 살고 있지 않다.

가난한 시인이 사준 피자

Levent Gezici를 만난 것은 터키여행이 끝나갈 무렵인 2008년 1월 초였다. 기차로 다섯 시간 가까이 달려서 간 에디르네의 겨울은 춥다는 생각보다는 음산한 느낌이 강하게 엄습해 왔다. 기차역에서 시내까지 걸어 들어가는 15분 동안 '내가 대체 무엇을 보러 이 도시에 온 거지?' 라는 생각이 들 정도로 동양적인 냄새가 물씬 풍긴다는 이 소도시의 첫인상은 그다지 유쾌하지 않았다. 정오를 조금 넘은 시간인데도 하늘은 안개로 뒤덮여 있어 50여 미터 전방이 보이지 않을 정도였고, 주택가에서 새어나오는 연탄가스의 냄새는 코끝을 불쾌하게 파고들었다. 게다가 모스크에서 울려퍼지는 이슬람의 아잔은 이방인의 마음을 더욱 심란하고 불안하게 만들어 갔다. 계절이 겨울인 만큼 오일레슬링이나 튤립에 대한 기대를 하지는 않았지만 주택이나 상점가의 낡은 건물과 거대하지만 세월이 느껴지는 모스크의 외관은 시간을 거슬러 올라간 듯한 기분에 휩싸이게 했다.

기분이 이쯤 되니 시내중심가를 한번 둘러보고 모스크와 시장을 구경하는 정도에서 일정을 마무리하고 이스탄불로 돌아가는 고속버스를 타기로 마음을 굳혔다. 기차 안에서 손바닥 두 배 크기나 되는 빵과 주스로 요기를 채웠는데도 배에서 꼬르륵 소리가 났다. 배는 곯지 말아야겠다는 생각에 여기저기 둘러보았지만 마땅히 들어가고 싶은 곳은 나타나질 않았다. 신호등에 서 있는데 키가 두 뼘 정도나 큰데다 마치 독일인 같은 인상이 짙은 중년이 옆에 서서 눈인사를 했다. 순간 잘 됐다 싶어 말을 걸었다.

"이스탄불로 가려고 하는데 버스터미널이 어디에 있나요?"

"여기서 10분 정도는 걸어가야 하는데……, 저를 따라 오세요."

유창한 영어는 아니지만 그럭저럭 대화는 통했다 .

"어디서 왔나요? 여행 중인가요?"

"네. 한국에서 왔어요. 여행 중이죠."

"북한인가요? 남한인가요?"

"남한이죠. 서울."

그가 이끄는 대로 따라가면서 가벼운 대화를 이어갔다. 그런데 하필이면 내가 주책이었다. 배는 고픈데 어디선가 피자 냄새가 고소하게 새어나왔다. 주변을 두리번거리며 둘러보니 스낵코너가 눈에 띄었고 유니폼을 입은 직원들이 두세 명이 보였다. Gezici가 눈치를 챈 것 같았다.

"점심 안 먹었어요 ?"

"네, 사실은. 같이 식사할래요?"

길을 안내해 주는 상대에게 점심 한 끼 사주고 싶은 마음도 있었고 워낙 배가 고팠던 터라 피자냄새에 정신을 빼앗겨버린 것이다. 그러자 자신은 먹었는데 식사 전이면 먹고 움직이자고 했다.

여섯 조각짜리 스몰피자와 콜라 두 잔을 시켰다. 안 먹겠다는 그에게 한 조각이라도 먹으라고 한국식으로 반복해서 권유를 했더니 한 조각만 먹고 콜라만 마셨다. 터키에서 먹는 피자는 한국의 피자에 비해 기름기가 더 많아 느끼하긴 하지만 토핑은 푸짐하며 한국인에게도 그다지 낯설지 않은 재료들을 사용한다. 한국에서도 피자는 일 년에 두세 번 그것도 아들 덕에 먹을 정도인 내가 피자가 그렇게 맛이 있기는 처음이었다. 배가 고픈데다 분위기가 즐거워서인지 그야말로 꿀맛 같았다.

느릿느릿 피자를 먹는 동안 우리는 이런저런 대화를 나누었다. 나는 에세이작가이자 취재기자라고 소개했더니 자신은 시인이란다. 그는 소설가 박경리와 고은 시인에 대해 알고 있었다. 서로 문학에 대해 간단한 대화를 나누다 보니 한결 가까워져 있다는 느낌이 들었다. 우리의 대화가 한결 더 자연스럽게 이어진 것은 다름 아닌 가족 얘기였다. 나이가 한 살 더 많은 그에게도 유치원생 딸이 있다고 했다. 아내가 직장을 다니고 자신은 글만 쓰는데 직업 시인 이다 보니 집안에 있는 시간이 많아서 딸아이 유치원 데려다주고 데려오고 같이 놀아주는 일은 자신의 책임이라고 했다. 우리 아이도 막 초등학교 입학을 앞둔 시기였으니 유사한 점이 많았고 그래서 할 얘기는 더 많아졌다. 처음 만난 중년의 두 남자가 한 시간은 족히 수다를 떨은 것 같다. 이메일과 전화번호도 교환하면서 기회가 된다면 꼭 한번 다시 보자고 했다. 나를 정말 감동시킨 일은 그 다음에 일어났다. 자리에서 일어나 계산을 하려는데 카운터의 직원은 계산은 이미 끝났다고 했다. Gezici가 계산을 한 것이다. 경제적으로는 아내에게 얹혀사는 거나 다름없는 수입이 없는 가난한 시인이 피자값을 지불했으니 미안함과 고마움이 뒤엉키며 내 가슴 속에서 감동이 요동쳤다.

그는 고속버스를 탈 수 있는 터미널까지 나를 안내해 주고 아이가 유치원을 마칠 시간이라며 버스 타는 것을 못 보고 먼저 가서 오히려 미안하다고 했다. 이스탄불로 돌아오는 버스 속에서 Gezici에 대해 많은 생각을 했다. 서울에서 외국인을 만났을 때 나라면 그렇게까지 친절했을까? 참 나란 사람 인복이 많은 걸까? 등등.

여행이 끝나고 귀국하자마자 그에게 감사의 메일을 보냈다. 곧장 그의 답장도 도착했다. 그의 답장은 짧았지만 무척 반가웠다. 단어의 철자가 여기저기 틀린 것을 보니 영문 메일이 부담스러웠던 것 같다.

Thanks My dear friend

you are very good friend

I hoope see you agein best regards for you and for your fam

i lly.

그후로 우리는 서로 연락을 주고받지는 못했다. 하지만 터키에 가면 그를 꼭 찾아보겠다는 생각은 변함이 없다. 신비스러운 도시 이스탄불을 또다시 가기로 마음먹은 이상 언젠가는 분명 그를 만날 것이다.

튤립과 오일레슬링

이스탄불 북서쪽 트라키야 평야의 서부에 있는 에디르네는 유럽과 아시아를 잇는 전략적 요지였으며, 1453년 이스탄불이 함락 때까지 술탄이 거주한 도시다. 동양적 색채가 짙은 도시로 술탄의 궁전 유적 등 많은 역사적 건축물이 있다. 튤립이 네델란드에서 유명해지기 이전에 본래 이 지역에서 재배되었으며, 600여 년 전통을 지닌 터키 오일레슬링 대회가 매년 8월 열린다. 오일레슬링 대회는 14세기 중반 오스만제국의 군대가 에디르네의 초원에 주둔하던 중 수십여 명의 병사들이 놀이삼아 풀밭 위에서 레슬링을 벌였다. 그린데 최종 승자를 가리는 과정에서 두 병사가 있는 힘을 다해 팽팽한 게임을 하다가 결국에는 두 명 모두 죽고 말았다. 이에 그후 매년 오일레슬링 대회가 열렸다고 한다.

'아! 잊지 못할' 브라질 여대생들

역마살이 안 끼었다면 힘든 일인지도 모른다. 생전 처음 간 나라의 도시에서 그것도 겨울 한밤중에 버스를 타고 국경을 넘어 또 다른 도시로 가겠다고 나선 것이다. 앉아서 쉴 곳도 없는 노상 정류장에서 혼자서 서성거린다는 것은 여행의 매력에 홀리지 않은 사람들에게는 이해가 안 되는 일일 것이다. 어디 그뿐일까? 나이 마흔다섯의 아저씨가 20, 30대 젊은이들이나 즐겨 타는 심야 유로라인을 이용한다는 것 자체가 주책스럽기도 하고 또 한편으로는 불쌍한 이방인으로 비춰질 수도 있으니까 말이다.

프랑크푸르트 중앙역 남문 앞 광장에서 버스에 오른 것은 밤 12시 30분. 버스가 출발 시간보다 30분이나 늦게 도착하면서부터 난생 처음 밟는 프랑스 땅에 대한 호기심은 서서히 긴장감으로 바뀌어갔다. 차라리 잠을 자면 마음이 편하겠다 싶어 한참을 잔 것 같은데 눈을 뜨니 프랑스와 독일의 국경지대의 휴게소다. 부랴부랴 화장실 다녀오면서 정신없이 담배 한 개비를 피우고 다시 버스에 올랐다. 사방이 어둠속이니 어디가 어디인지 알 수도 없어 결국엔 또다시 눈을 감았다.

새벽 5시가 되어서야 버스는 파리의 외곽 터미널에 도착했다. 기분이 묘했다. 긴장과 걱정으로 초조해질 것 같았는데 오히려 안도의 한숨이 나왔다. 어차피 와야 할 곳까지는 문제없이 왔으니 지하철만 타면 된다는 생각뿐이었다. 하지만 그런 기분도 잠시였다. 무거운 트렁크를 왼손 오른손 바꿔가면서 들고 에스컬레이터도 없는 지하 전철역으로 내려가다 보니 그때부터는 처량함 같은 외로움이 느껴졌다.

여행의 스릴이라고나 할까? 아니면 새로운 문제를 풀어야 하는 수학시험 시간 같다고나 할까? 5호선 전철 종착역 매표구로 들어가자 다시 불안해지기 시작했다. 지갑에 650유로를 가지고 있는데도 동전이 없어서 전철을 탈 수가 없는 상황이 되고 만 것이다. 프랑스의 지하철역은 역무원이 없이 달랑 티켓 자판기만 있는 곳들이 부지기수다. 이곳에서는 신용카드나 동전이 없으면 티켓을 구입할 수가 없다. 지폐교환기가 있고 지폐로 티켓을 구입할 수 있는 서울의 지하철역처럼 친절할 리가 만무하다. 아침 일찍부터 문을 열고 고객을 맞이하는 간이매점도 없다. 아는 이 한 사람도 없고 말도 통하지 않는 낯선 이국 도시의 전철역에서 티켓 구입할 잔돈도 없고 앉아서 쉴 곳도 없다면 그 심정이 어떠할까? 더욱이 한 겨울이니 거리의 벤치에 앉아서 휴식을 취하며 날이 밝아오길 기다릴 수도 없는 상황이다. 아무리 강심장이라 해도 참으로 난감

한 일이 아닐 수 없었다.

어찌해야 좋을까. 10유로권 지폐를 들고 발을 동동 구르고 있는데 구세주는 동양인도 한국인도 프랑스인도 아닌 멀리 남미의 브라질에서 여행을 온 여대생들이었다. 한 여학생이 뭐라고 말을 하자 나머지 두 사람이 주머니를 뒤져 동전을 꺼내 한데로 모은다. 그리고 한 여학생이 2.5유로를 내게 건넨다. 너무 고맙고 놀라서 '쌩규 유 소 머치'를 세 번씩이나 연발하면서 나는 손에 들고 있던 지폐를 그녀들에게 건넸다. 하나같이 고개를 흔들며 미소만 지었다. 이렇게 고마울 수가 있을까. 너무도 친절한 금자씨가 아닌 너무도 친절한 남미의 미녀들이 아닌가. 한국의 지하철역에서 이 같은 일이 벌어졌다고 치자. 무려 4천 원이 넘는 현금을 선뜻 손에 쥐어줄 사람은 드물 것이다. 몇 시간 동안 서서 구걸을 해도 얻지 못할지도 모른다.

파리와의 첫 만남은 이렇게 시작되었다. 전철을 탄 후에 깊은 안도의 한숨을 내쉬면서 브라질 여대생들의 따뜻한 마음에 내심 감동을 느꼈다. 그날 저녁 파리의 숙소에서 만난 대학생들에게 이런 얘기를 들려주자 다들 놀라워했다.

"정말요."

"와, 나는 한 번도 그런 일이 없었는데……."

"어딜 가든 그렇게 좋은 사람들이 있긴 있어요."

여행은 이렇게 사람들에 대한 새로운 감동과 삶의 깨우침을 갖게 한다. 고마웠던 그 사람들을 한 번만이라도 다시 만날 수 있다

면 더욱 좋겠지만 설령 그들을 만나지 못한다 하더라도 여행에서
얻은 나는 그 아름다운 추억들을 다시 또 다른 누군가에게 돌려
주어야 한다. 삶은 같이 가는 길이라는 것을 알려주어야 하지 않
을까.

파리의 지하철

파리의 지하철은 역 개찰구로 들어갈 때는 반드시 승차권을 투입시켜야 한다. 하지만 나올 때는 표가 없어도 된다. 그냥 나온다. 1회 승차권보다 10회 이용권을 구입하면 경제적으로 크게 절약되는 셈이다. 파리의 지하철은 우리의 지하철에 비하면 열악한 수준이다. 차량은 낡았고 여기저기 쓰레기도 나뒹군다. 역내 플랫폼도 깔끔하고 세련되었다기보다는 다소 누추한 상태이며 우리처럼 에스컬레이터가 곳곳에 설치되어 있지도 않다. 문화도시 파리의 위상 치고는 지하철 시설은 조금 실망스러워할 일이다.

그가 나를 찍었다(?)

밤거리의 사람은 많지가 않다. 겨울이 가고 봄이 오는 시기인데도 대로변 인도를 걸어다니는 인적이 드물었다. 시드니의 밤은 조용하다 못해 고요하다고 해야 할 정도였다.

늘 그랬듯이 밤이라고 해서 숙소에 틀어박혀 있을 내가 아니다. 지도도 필요 없다. 일단 발길 닿는 대로 걸어다니다 마땅히 호기심 가는 곳이 있으면 들어가 구경도 해보고 분위기가 괜찮다 싶으면 앉아서 맥주 한잔 하는 그런 식이다.

외국 여행을 하면 할수록 커지는 건 배짱이 아니었나 싶다. 바르셀로나, 파리, 동경, 암스테르담 그 어느 도시를 가든지 나의 '내 멋대로 움직이기'는 똑같다. 시티(시드니 중심부)보다도 오히려 휘황찬란한 불빛이 번쩍이는 반대편 쪽을 향해 직선으로 곧게 뻗은 도로를 무턱대고 걸었다.

숙소로 돌아갈 때를 생각해서 가능한 한 기억력을 되살리기 좋은 직선도로를 택한 것이다. 물론 길을 잃으면 마지막 히든카드인 택시를 이용할 참이었다. 지갑 속에 숙소 전화번호 주소가 적혀 있으니 설마 국제미아가 되진 않을 것이라는 무대포식 대담함이 나에겐 있었다.

전날 밤엔 주택가 인근의 펍에 갔지만 특별히 인상적인 것이 없었다. 술꾼들도 서너 명뿐 비교적 조용하기만 했다. 공간도 넓고 실내 인테리어와 분위기도 제법 괜찮은데 서울 변두리 버스 정류장 부근의 통닭 집보다도 더 한산했다. 때문에 이날은 사람구경을 할 수 있을 것 같은 번화가로 나서기로 한 것이다.

십오 분 정도 경사진 대로변을 걸어 올라가자 멀리서 본 그대로 거리는 네온사인으로 휘황찬란하다. 오가는 사람들도 제법 많다. 이때까지만 해도 나는 이 거리의 이름조차 몰랐다. 불빛이 환하게 새어나오는 곳들은 대부분 술집, 음식점, 옷가게다. 모서리에 문이 있는 한 주점에서는 쿵쾅대는 음악이 새어나왔다. 사람들이 들어가고 나오고 꽤 북적이는 술집 같았다. 그렇다고 춤을 추는 곳은 아닌 것 같은데 문이 열릴 때마다 밖으로 튀어나오는 음악과 불빛이 요란했다.

'그래 일단 한번 들어가 보자.'

대단한 맘을 먹고 문을 여는 순간 30여 평의 공간은 대부분 술잔을 들고 서서 술을 마시는 사람들이다. 여자, 남자, 젊은 사람, 중년 나이든 사람, 백인, 흑인 등등 정말 다양한 사람들이 서로 대화를 나누거나 몸을 흔들면서 술을 마시고 흥겨운 시간을 보내고 있었다. 동양인은 눈에 띄지 않았다. 어딜 가든 늘 그랬듯이 나의 주특기는 아주 자주 와 본 사람처럼 천연덕스럽게 곧바로 바텐으로 가서 맥주 한잔을 주문하는 것이다. 이날도 마찬가지다. 얼마인지 물어보고 술값을 먼저 지불한 후 건네주는 맥주잔을 들고 벽 쪽에 있는 1인용 원탁테이블 의자로 가서 자연스럽게 앉았다. 현장 분위기를 파악하고 상황을 살피기에는 최적의 장소다 싶었다. 음악은 잠시도 쉬지 않고 귀를 찢을 듯한 락으로 이어졌다.

유난히도 가죽 바지나 점퍼차림의 남성들이 많은 편이어서 마치 미국 영화에서 본 불량청년들이 자주 찾는 뒷골목 클럽 같은 느낌이 강하게 느껴졌다. 행여 나에게 다가와서 시비를 거는 사람이 있으면 어쩌나 하는 불안감이 들기도 했지만 의외로 사람들의 행동이나 목소리는 거칠지 않았다. 단지 그들은 웃으며 즐겁게 떠들었다. 물론 나처럼 혼자 와서 어슬렁어슬렁 움직이는 사람들도 있었지만 그들의 얼굴에서 난폭성 같은 것은 찾아볼 수가 없었다. 다만 두 번째 맥주잔을 들고 다시 내 자리로 돌아와 앉을 즈음 나는 이곳이 옥스퍼드 스트리트의 게이 술집이라는 것을 알았다. 실내 한 모퉁이에서 두 남자가 서로의 몸을 가볍게 끌어안고 입맞춤을 하는 것을 보고 조금은 당황스러웠지만 크게 놀라지는 않았다. 미국이나 일본에서 살다 온 지인들을 통해 동성애 문화에 대해 들은 정보가 있었기 때문이다. 옥스퍼드 스트리트가 시드니에서 게이업소들이 밀집된 거리라는 사실도 이미 알고 있던 터였고 또 게이바라고 해서 특별히 이상하거나 불편할 것까지는 없다는 것도 알고 있었다.

다만 아는 이 한 명 없는 도시인데다 서로 눈빛만 봐도 느낌으로 통한다는 게이클럽이니 동양에서 온 중년 아저씨인 나는 그야말로 꾸어다놓은 보릿자루 그 자체였다. 그렇다고 단숨에 300CC 맥주잔을 비울 수도 없는 일. 크게 걱정될 것도 불편한 것도 없으니 일단 술은 다 마시고 가기로 하고 다시 또 담배를 꺼내 물었다.

그때였다. 청바지에 가죽 자켓을 입은 한 중년 남성이 내 앞으로 다가왔다. 그는 먼저 소리없이 씨익 웃으면서 말을 건넸다.

"시드니에 살아요?"

"아뇨. 여행 중입니다."

"어느 나라죠?"

"한국에서 왔어요."

"남한이죠? 언제까지 머무나요?"

"두 밤만 더 자면 떠나요."

"술 한 잔 더 할래요. 내가 사죠."

처음 보는 그가 3.2불짜리 맥주 한 잔을 사겠다고 한다. 적당히 당황스러웠지만 상대의 호의를 거절하거나 관심을 굳이 피할 필요는 없다고 생각했다. 오히려 궁금했던 것들을 더 많이 알아볼 수 있는 기회이다 싶어 고마운 일이 아닐 수 없었다.

그가 건네는 술을 마시면서 우리의 대화는 지속됐다. 마흔넷의 싱글이며 화가라고 자신을 소개했다. 나에게 애인이 있냐고 물었다. 결혼을 했고 아들도 있다고 말하자 그는 내가 당연히 게이인 줄 알았다고 했다. 자신은 키가 작고 통통한 스타일을 좋아하는데 내가 자신의 마음에 드는 스타일이고 동양인에 대해 관심이 많다고 했다. 이런, 어쩌겠는가. 성적 코드가 맞지 않는 만남이니. 우리는 그냥 웃고 말았다.

한참 동안 그와 나는 한국의 문화에 대해서 호주의 아름다운 자연에 대해서 대화를 나누었다. 동성 이성을 떠나 사람과 사람의 인연과 인정으로 벽 없는 수다를 떨었다.

Allon! 그는 아주 점잖고 매너 있는 친구였다. 언젠가는 한국을 꼭 한번 방문하고 싶다고 했고 나는 오게 되면 꼭 연락을 하라고 이메일 주소를 적어 주었다. 소주에 삼겹살, 그리고 김치는 마음껏 사겠노라고 장담했다. 한 시간은 족히 그와 이런저런 대화를 나누었다.

한밤중에 옥스퍼드 스트리트 거리를 터벅터벅 걸어 호텔로 향하하면서 이런 생각을 했다.

'꽤 잘 생긴 얼굴과 훤칠한 외모를 지닌 중년의 화가다. 매너도 좋고 생각이 순수하다. 그렇다면 그를 좋아할 만한 여자들이 꽤 많을 텐데. 아, 안타깝군. 멋진 친구인데 말이야.'

시드니에서 돌아 온 후 지금까지 그가 한국에 오겠다는 이메일을 받진 못했다. 어쩌다 한 번씩 TV의 해외 뉴스시간에 게이퍼레이드 장면을 보면 그의 얼굴이 떠오른다. 미남형 얼굴에 적당히 기른 구레나룻과 선하게 생긴 눈, 그리고 깔끔한 매너와 순수한

마음씨를 지닌 알론. 지금쯤은 그가 자신이 원하는 애인을 만나고
있을 거라고 믿고 싶다. 그에게도 좋은 연인을 만나 행복할 권리
가 있으니까.

암스테르담 '다은이네 집 사람들'

나란 사람 정말 인덕(人德)이 많은 건가?

'암스테르담'이라는 단어만 떠올리면, "아 너무 좋았는데", "다시 가고 싶은데", "너무 감사했는데" 이런 언어들로 머릿속이 채워지곤 한다.

눈이 펑펑 내린 암스테르담 거리는 차분하고 조용했다. 다만 한겨울 그것도 밤에 난생 처음으로 발을 내디딘 도시인 만큼 적잖게 조심스러웠고 조금은 차갑게 다가왔다. 전화 한 통 걸지 않고 오로지 인터넷 홈피를 보고 수첩에 직접 그린 약도와 안내 글에만 의존했는데 길을 잃지 않고 Lesse 22를 단번에 찾아냈으니 일단 성공이다.

문을 열고 들어간 다은이네 집은 영화 속에 나오는 작고 예쁜 유럽의 가정집 그대로다. 살아 있는 식물로 아치형으로 꾸민 입구, 하얀 대문, 작은 뒷마당, 앙증맞은 2층 계단, 3층 다락방 등등 어느 하나 정겹지 않은 것이 없다. 그래서일까. 그해 겨울 유럽 3

개국 여행 중 가장 먼저 들른 암스테르담에서의 첫날밤은 그야말로 달콤하게 잤다.

이튿날 아침 인사를 하게 된 아주머니 아저씨. 두 사람 모두 한국인이고 대전이 고향인 분들이다. 말수는 적어도 학교 선배님처럼 편안하고 자상한 아저씨, 중년의 나이인데도 예쁘고 고운 아주머니는 그곳에서 4일을 머무르는 동안 참 잘 챙겨주셨다. 하루에도 몇 명씩 새로운 여행객들이 드나드는 한인 민박집이다. 이런저런 사람들과 부딪히다 보면 좋은 인연도 있겠지만 서운한 일이나 불쾌한 일도 한두 번 겪진 않았을 터이니 오가는 사람들에 대해 적당히 무던한 입장이 될 법도 한데 달랐다. 한마디로 사람냄새가 물씬 풍기는 분들이었다.

신용카드로 티켓을 구입해야 하는 트램 정거장까지 데려다주고 직접 티켓까지 손에 건네준 아저씨(사실 형님이 옳다. 내 나이도 40대인데……)는 네덜란드의 복지제도, 교육제도, 스포츠 등에 대해 귀찮을 정도로 질문을 하는 나에게 조분조분 잘도 알려주셨다. 작가이자 기자의 임무를 안고 갔으니 이것저것 궁금한 게 한두 가지가 아닌데도 감정의 흔들림없이 있는 사실 그대로 충분하게 답변을 해주었다. 매사에 신중하고 정확한 분이라서인지 일부 자료는 직접 프린터까지 해주었을 정도이니 감사하고 고마운 일이 아닐 수 없었다. 게다가 그는 점심을 간단한 과일 도시락 하나로 해결하고 퇴근하면 정확한 시간에 집에 도착하는 '바른생활 사나이'(?)다. 그를 통해 성실한 가장의 모습을 생생하게 지켜보면서 '내가 배울

점이 많은 분'이라는 생각까지 들었다.

아주머니는 한마디로 친누나처럼 정감이 풍겨나는 '예쁜 누님'. 그분이 차려주는 식탁은 한국의 전통 조식처럼 늘 아침 밥상에 국과 몇 가지 반찬이 올려지고 음식은 정갈하다. 여기저기 돌아다니다 보면 점심 사 먹는 것도 불편한 일(?)이라면서 어느 날은 과일을 또 다른 날은 샌드위치를 싸주신다. 집 나가면 배고프고 고생인데다 모든 게 돈이니 여러모로 큰 도움이 되었다. 본래 석식은 주지 않는 게 원칙인데도 매번 밥상을 차려주셔서 그 또한 정말이지 미안함과 감사함뿐이었다.

마지막 날 저녁은 감동 그 자체였다. 심야 유로버스를 타기 위해 짐을 싸들고 나서는데 마침 동짓날이라서 팥죽을 쑤었다면서 먹고 가란다. 한국의 가정에서도 동짓날 팥죽 쑤어서 가족들에게 내놓는 주부는 그리 많지 않다. 70, 80대 노모가 계신 집이 아니라면 사다먹던지 아예 신경도 안쓰는데 그 먼 이국땅에서 직접 만든 팥죽을 내주시니 이 얼마나 고맙고 감사한 일인가. 눈물이 터져 나올 만큼 가슴이 뭉클하고 뜨거워졌다.

아주머니는 암스테르담에 이민 온 지 10여 년이 넘었는데 처음으로 팥죽을 만들어 보았다고 했다. 인터넷에서 만드는 법도 참고하고 한국의 친정어머님한테도 여쭤보시고 그랬단다. 맛은 역시 '따봉'이다. 인정 많은 아주머님은 한 솥단지 만들어서 가까이 사는 지인에게도 갖다 주었다고 했다.

푸랑크푸르트, 하이델베르그, 파리 등을 거치며 여행하는 내내

아주머니, 아저씨, 그리고 두 아들이 단란한 가정의 모습을 보여
준 다은이네 식구들 생각을 떠올렸다.

하루는 식탁 위의 작은 화병에 꽃이 활짝 웃고 있었다. 그 꽃으
로 인해 화려함보다는 따스한 온기와 미소가 더욱 밝게 훈훈하게
풍겨지던 그날 다은이네 식탁.

"한 겨울에 무슨 일로 이렇게 꽃을 사다 놓으셨어요?"라고 묻자
아주머니는 살짝 미소 지으면서, "오늘이 우리 부부 결혼기념일입
니다."라고 말했다. 큰 케이크 사다 놓고 촛불을 끄면서 박수소리
를 내지 않고서도, 비싼 호텔뷔페에 가서 우아한 저녁을 먹지 않
고서도 결혼기념일을 아주 아름답게 보내는 방법이 있다는 것을
나는 그때 알았다.

한 가지 후회스러운 것이 있었다. 아주머니 아저씨 결혼기념일
에 작은 선물이라도 하나 드렸으면 좋았을 거라는 아쉬움이다. 언
제 가게 될지 모르지만 다음 기회에 암스테르담에 간다면 그때는
꼭 꽃 한 다발이라도 사들고 가야겠다는 생각을 몇 번이고 했다.

살아가는 모습 그 자체에서, 처음 만난 여행자들에게 건네주는
그 소박하면서도 정겨운 인정에서 다은이네 식구들, 특히 친누이
나 선배 같던 부부의 모습을 떠올리면 여전히 그 지독하게 좋은
사람냄새가 한껏 느껴진다.

"아주머님, 아저씨, 잘 계시죠?"

여행을 끝내고 귀국한 후 **카페를 통해 인사를** 드렸다.

새해 복 많이 받으세요. 사장님 사모님

안녕하세요. 12월 중순에 4일간 머물렀던 박창수입니다.

여행하고 돌아오니 어느새 해가 바뀌었습니다.

집나가면 고생이라고 하는데

사장님 사모님 덕분에 배부르고 마음 편한 여행 되었습니다.

진심으로 감사드립니다. 마지막날 먹고 온 팥죽은 정말 못잊을 겁니다.

신용카드로 전철 티켓을 끊어주신 사장님의 넓은 마음도요

그 따뜻한 마음 여행자들에게 전해 주세요.

아름답고 기억될 수 있는 즐거운 시간이었습니다.

늘 건강하시고 봄에 책 출간되면 보내드릴게요.

박창수 2010/01/04

사모님께서 답 글을 올렸다

안녕하세요.

그사이 여행 잘 마치셨군요.

여러 가지 집안일에도 자상하시던 모습이 선합니다.^^

집안에 화초는 잘 살아 있던가요.^^

나중에 이번에 오셔서 하신 일 책으로 나오면 보여주세요.

소식 주셔서 정말 반갑고 감사합니다.

새해에도 항시 건강하시고 하시는 일들 대박 나시기 바랍니다.^^

2010/01/05

다은이네 집에 가려면

홈페이지 www.daunnl.com
전화 070-8625-2820(한국에서 휴대폰 직통), 0031-(0)20-691-2820

하나. 중앙 역에서는 지하
Westwijk방향 메트로 51번 탑승 – sportlaan역 하차(25분 소요)

둘. 유로라인역(Amstel역) 2층에서 중앙역에서부터 오는 메트로 51번 탑승(20분 소요)

셋. Rai전시장(Rai역)에서는 – 중앙역에서부터 오는 메트로 51번 탑승(7~8분소요)
=> 우리 동네 51번 하차역 – Sportlaan역 하차 후 왼쪽으로 건너 – 다시 오른쪽 신호등
건너 직진 샛길로 들어간다(메트로역에서 볼 때 왼쪽 대각선에 있는 아파트 뒤쪽).
– 직진하면 왼쪽 아파트 뒤편이 나오고 아파트 전체 3분에 2까지 가면 오른쪽 주택, 바
로 길가집으로 현관 앞에 녹색울타리 나무가 쳐져 있는 집. 주소 Lesse 22.

넷. 공항(Schiphol)에서 기차 이용 시
– 지하 기차역–Amsterdam zuid(WTC)역까지(7~8분 소요)
– W T C역에서 WESTWIJK방향의 메트로 51번 탑승
Sportlaan역 하차 7~8분 소요(위 메트로 하차 후 동일)

다섯. 공항에서 버스 이용시
– 199번 버스 탑승 – Groenhof 하차(30분 소요)
– 하차 후 도로를 바라보고 왼쪽에(삼거리), 가운데 도로 왼편 쉘주유소로 가서 그 다음
아파트 지나자마자 바로 왼편 길로 들어가서 마주보는 집(가로주택)이 아니라 오른쪽으로
꺾어서 왼쪽에 보이는 세로주택 첫집. 현관 앞에 연록색 나무로 울타리가 쳐져 있다. 흰
색 현관문이 보임(3분 소요).

바르셀로나 도둑님들(?) 안녕하신가?

"일 벌어진 다음 후회하지 마라."

"명심하고 또 명심해라."

"잠시도 정신을 놓지 마라."

"밤에는 골목길 들어가지 말고 대로변으로만 이동해라."

스페인이나 이태리를 여행하다 보면 민박집 주인이나 만나는 한국여행자들에게서 이런 당부의 말을 수시로 듣게 된다. 동양인들이 많이 찾는 관광지나 역 주변에는 소매치기나 돈을 갈취하는 날강도들이 그야말로 극성을 떨고 있기 때문이다.

2006년 스페인은 나를 멍청한 사람으로 만들어놓고 말았다. 여행 중 어느 날 아침 마드리드 숙소에 도착한 한국인 모녀는 무척 당황스러워보였다. 지하철역 인근 광장에서 여권과 신용카드를 도난당했다는 거였다. 엄마는 여행 전에 내의에 주머니까지 만들어서 만전을 기했는데 딸은 배낭을 메고 다니다 그만 좀도둑들에게 당한 것이다. 한국의 남편에게 전화를 걸고 주인에게 한국 대사관 위치를 묻는 등 민박집 휴게실은 갑자기 어수선한 분위기가 되었다.

여행 6일차를 맞이하고 있던 나는 그날 밤 바르셀로나로 이동하기로 되어 있었다. 숙소 주인들은 물론이고 만나는 여행자마다 '가방을 매거나 들고 다니지 말 것'을 신신당부했다. 몸 속에 부착하고 다니지 않는 한 문제는 발생한다는 것이었다. 하지만 그때까지만 해도 아무 일없던 나는 그저 그러려니 하고 넘어갔다.

이튿날 바르셀로나 까딸루냐광장에서 드디어 일이 터지고 말았다. 그때까지만 해도 남의 일로 여겼던 것이 나의 현실이 되었다는 것은 참으로 부끄럽고도 속상한 일이었다. 바르셀로나의 중심 축 역할을 하는 까딸루냐광장은 사람들로 넘쳐났다. 단순히 여행이 아닌 여행서를 쓰기 위한 취재차 떠난 여행이다 보니 목과 어깨에 걸쳐 가슴 앞으로 오게 한 손가방에서 수시로 카메라를 꺼내 사진촬영을 하고 다시 넣기를 수없이 반복했다.

한겨울인데도 꽃으로 디자인된 공원의 화단과 북적이는 사람들, 그리고 비둘기들이 한데 어우러져 펼쳐 보이는 생동감 넘치는 까딸루냐광장의 모습도 촬영 대상이었지만 광장 정면의 빌딩 위에서 웃고 있는 국내자동차 회사의 옥외광고판은 나로 하여금 더더욱 촬영을 부채질했다. 결국 사진 몇 컷을 열심히 찍고 난 후 뒤쪽으로 공원 담장이 있는 벤치에 앉았다. 담배 한 개비를 피워 물며 휴식을 취하기 위해서였다. 뒤로는 철재 담장인 만큼 무슨 일이 있을까 싶어 맘 편하게 벤치에 앉아 카메라를 옆에 내려놓고 담배를 피웠다.

맞은편에서 20대 젊은이가 싱글벙글하며 나를 쳐다보았다. 할 일없는 홈리스 같은 녀석쯤으로 치부하려고 하는데 순간 지나가던 노인이 나를 보며 뭔가 다급하다는 듯이 손가락을 흔들었다. 아차 싶었다. 그 순간에 카메라가 어디론가 사라지고 없었다. 당황스러워 하는 나를 본 젊은 녀석은 지하철로 통하는 출입구를 가리켰다. 정신없이 뛰어갔다. 계단을 내려가는데 카메라를 훔친 녀석이 정신없이 뛰어 내려가는 뒷모습이 보였다. 하지만 지하 1층에서 그를 놓치고 말았다. 망연자실이라는 말이 실감나는 순간이었다. 뒤늦게 안 사실이지만 훔쳐간 녀석과 나를 쳐다보고 있던 녀석은 한패거리라는 게 현지인들의 설득력 있는 얘기였다.

단순히 여행에 필요한 카메라였다면 그냥 포기하고 넘어가겠는데 그게 아니었다. 출판사와 계약을 하고 취재차 온 여행이었다. 6일 동안 마드리느와 똘레도를 둘러보며 촬영한 사진들이 그 디지털카메라 속에 남아 있었으니 그야말로 큰 일이 아닐 수 없었다. 100여만 원 하는 카메라 가격보다도 잃어버린 사진을 어쩌란 말인가?

공원 지하에 있는 경찰 지구대를 찾아갔지만 나 같은 사람이 한둘이 아니었다. 사정을 일일이 설명하고 여권을 보여주었지만 도망간 그 도둑놈을 찾을 수는 없었다. 그때만큼 절망적인 순간도 없었다.

"아, 미치겠다."는 말이 저절로 나왔다.

하는 수없이 싸구려 디지털카메라를 현지에서 구입하느라 예상
치 못했던 비용이 추가되었고 며칠 후 마드리드로 다시 돌아가 한
번 씩 다녀온 왕궁, 미술관, 투우장 등을 다시 돌아다니며 촬영을
하는 기막힌 사연을 직접 체험해야 했다.

여행기간 내내 사람들을 만날 때마다 화두는 도둑놈과 강도들
에 대한 이야기였다. 현지인들 말에 의하면 소매치기나 강도는 대
부분 못사는 다른 나라에서 온 불법체류자나 가난한 떠돌이들로
심한 경우 골목길로 끌고 가서 상해를 입히는 경우도 흔하다고 했
다. 민박집에서 만난 한 여대생은 프랑스 파리에서 여행 도중 만
난 남학생과 의기투합하여 함께 남은 일정을 소화하기로 하고 한
동안 같이 움직였는데 그들 역시 바르셀로나의 어느 골목에서 한
무리의 강도들을 만나 지갑을 털리고 난투극을 벌이는 사고를 경
험했다고 한다. 웃지 못할 특별한 얘기는 그 다음에 여학생의 입
에서 직접 터져 나왔다.

"무슨 남자가 같이 있는 나를 두고 자신은 뒤로 빠지는 거예요.
정말이지 그런 사람 어떻게 믿고 같이 여행을 해요. 당연히 그 사
건 이후로 '안녕' 했죠."

여행길에 만나서 연인이 되었는데 하필이면 그런 사고로 헤어
지게 되다니 짧은 만남이 안타깝게 느껴지긴 했지만 한편으로는
내가 여자라고 해도 발로 뻥 차버리겠다는 생각이 들었다. 그리고
더 깊은 말을 늘어놓기는 뭐하지만 여행길에서 만난 남자와 그렇
게 쉽게 동행을 하다니 그 또한 최선의 선택은 아니잖은가?

　여하튼 스페인은 그 많은 중세문화유산을 간직한 나라인 만큼 다시 또 가보고 싶을 정도로 매력이 넘쳐나지만 제발 그 도둑님들과 강도님들은 영원히 사라졌으면 좋겠다는 생각이 앞선다.

바르셀로나 **피카소미술관**The Picasso Museum in Barcelona

　바르셀로나는 가우디의 도시라고 불릴 만큼 가우디에 대한 많은 것들이 관광명소가 되어 있지만 가우디 외에 빼놓을 수없는 한 사람이 있다면 바로 피카소다. 바르셀로나는 피카소의 고향으로 그의 유년시절, 젊은시절의 작품을 볼 수 있는 피카소미술관Museu Picasso이 있다. 중세 분위기가 짙게 풍기는 몬카다 거리에 있는 미술관은 14세기에 건축된 고딕 양식의 아길라르 궁전을 개조하여 1963년에 피카소 미술관으로 개관됐다. 피카소가 유년시절에 그렸던 스케치나 습작 같은 희귀한 자료들을 만날 수 있는 이곳은 3층으로 꾸며져 있다. 1층에는 카페와 레스토랑, 그리고 피카소 관련 상품을 파는 아트숍과 목판화, 석판화, 데생 작품을 만나볼 수 있다. 2층에는 유명 작품들, 3층에는 피카소의 유년시절 작품들이 전시되어 있다. 기획 전시실에서는 연중 색다른 기획전이 열리기도 한다. 이곳을 찾아가기 전에 반드시 염두에 두어야 할 것은 시간적 여유를 갖고 가야한다는 것. 주말이나 휴일이 아닐지라도 보통 30여 분 이상 줄을 서서 기다려야 할 만큼 관람객들이 많으므로 사전에 시간 계산을 잘 해야 된다.

　이곳은 지하철 4호선 Jaume I 역에서 도보 3분, 또는 3호선 Liceu 역 하차하면 쉽게 찾을 수 있으며, 매주 월요일은 휴관일이고 1월 1일, 5월 1일, 6월 24일, 12월 25~26일도 쉰다.

양심이 다른 중국 택시기사들

호텔 로비로 들어서는 순간 '아! 가방' 하며 소리쳤다. 뒤돌아서 정신없이 뛰어나갔지만 택시는 이미 떠나고 없었다. 그제서야 함께 간 조카도 소리쳤다.

"삼촌 가방 트렁크에 실었지요."

이보다 더 당황스러운 일이 있을까? 2001년 1월 중순 출판사와 단행본 계약을 하고 떠난 중국여행길의 첫 도착지인 상해의 호텔에서 일어난 일이다. 이미 여러 차례에 걸쳐 해외 출장과 여행을 다녀온 터였기에 어처구니없는 실수 앞에서 한숨만 나올 뿐이었다. 아마도 중학교 3학년생이던 조카를 데리고 간 것이 심적으로 많은 부담이 되었던 것 같다. 인천공항서 떠날 때부터 온 신경은 조카에게만 집중되어 있었다. 남의 집 귀한 자식 외국서 잃어버리고 오면 큰 일 아닌가?

망연자실한 나의 모습을 지켜본 호텔 직원이 뛰쳐나오더니 나에게 영수증을 받았느냐고 물었다. 바지주머니를 뒤지니 택시기사가 건네준 영수증이 있었다. 그러자 직원은 나에게 걱정하지 말라고 했다. 상해의 택시들은 영수증에 차량 넘버는 물론이고 택시회사 주소와 전화번호가 적혀 있기 때문에 가방을 다시 찾을 수 있다는 것이다. 직원이 택시회사로 전화를 했고 나와 조카는 로비에 서서 안절부절 못하며 택시가 다시 와주기만을 속을 끓이며 기다렸다. 30여 분이 지났을까. 우리를 내려준 택시가 다시 호텔 앞으로 돌아왔다. 택시기사는 뒷 트렁크에서 가방을 내려놓더니 가방의 지퍼를 열었다. 자신은 열어보지도 않았으니 잃어버린 물건이 있는지 확인해 보라는 것이다. 무엇보다도 중요한 카메라, 수첩, 옷가지, 컵라면, 담배 등이 그대로 있는 것을 확인한 후 그제서야 안도의 한숨을 내쉬었다. 그리고 기사에게는 고맙다는 말과 함께 손님 없이 빈 택시로 다시 돌아온 구간만큼의 요금을 지불해 주었다.

한국에서는 최근 몇 년 전부터 신용카드로도 요금 지불이 가능해진 관계로 영수증을 받는 경우가 있지만 아직도 택시이용 승객에게 꼬박꼬박 영수증을 챙겨주는 기사들은 드물다. 하지만 이미 10여 년 전인 당시 상해의 택시기사들은 누구라고 할 것 없이 하나같이 요금을 내면 거스름돈과 영수증을 주는 문화가 정착되어 있었다. 중국의 발전상에 비춰볼 때 참으로 놀라운 일이었다. 여행 기간 중 언어 문제 때문에 동행을 하게 된 조선족 가이드의 말을 듣고 나서야 고개가 끄덕여졌다.

상해의 택시기사들 중에는 대졸자가 많으며, 임금 또한 대졸신

입사원 월급보다 약간 높은 편이라고 했다. 또 손님에게 거스름돈을 내주지 않거나 영수증을 주지 않은 사실이 발각되면 곧장 직장을 잃게 되므로 매우 철저하다는 것이다. 비근한 예로 이 같은 사실을 확인하고자 방송사의 한 프로그램에서 의도적으로 외국인 여행객에게 여행가방을 놓고 내리게 한 다음 택시기사의 양심을 뒤따라가는 식으로 촬영을 했는데 예상했던 대로 기사는 그 가방을 손님에게 되찾아주었다고 한다.

이런 와중에 내 머릿속에는 또 다른 기억 하나가 떠오르면서 중국 속의 두 얼굴을 비교하게 됐다. 그해 여행에 앞서 3년 전인 1998년 12월 신혼여행을 북경으로 갔을 때 그야말로 황당한 일을 겪었다. 마찬가지로 공항에서 택시를 타고 호텔까지 가서 짐을 내리고 요금계산을 위해 100위안짜리 지폐를 건넸다. 50위안이 조금 더 나왔기에 나머지 거스름돈을 받아야 하는데 택시기사는 영수증은커녕 거스름돈도 주지 않고 그냥 달아나버렸다. 택시를 뒤쫓아 몇 발짝 뛰어가면서 거스름돈을 달라고 소리쳤지만 기사는 오히려 웃는 얼굴을 하며 멀리 사라져버렸다. 어이가 없어서 아내와 서로 얼굴을 보면서 기가 막힌다는 표정을 짓는 것으로 끝났다.

2천년대 들어 올림픽, 아시안게임과 같은 국제적인 행사를 하면서 중국의 택시문화는 많이 변했다는 얘기를 들었다. 하지만 지방의 소도시로 가면 여전히 거스름돈을 주지 않거나 영수증 따위는 생각도 하지 않는 기사들이 부지기수라고 한다. 땅덩이도 크고 인구도 많은 만큼 중국에서는 모든 면에서 얼마든지 100인 100색의 모습을 만나게 된다. 13억 인구 중 상류층 5%가 우리의 인구보다도 많다거나 만만디가 여전히 존재한다는 것은 어쩌면 중국을 읽는 코드일 수밖에 없을 것이다.

중국 얘기가 나오면 늘 기억 속 한 편에서 에피소드가 되어 떠오르는 두 사람 바로 거스름돈을 주지 않고서도 아주 당연하다는 듯 미소까지 던지며 달아난 북경의 택시기사와 놓고 내린 가방을 가지고 다시 호텔로 달려온 상해의 택시기사다. 그들은 지금도 택시를 운전하고 있을까. 북경의 택시기사는 아직도 예전 그대로일까. 사뭇 궁금해진다. 2010 광저우 아시안게임 시 택시 비용은 부르는 게 값이었다고 하니 중국 그곳에 가면 택시를 조심스럽게 이용해야 할 일이다.

술이 사람을 꾀다

술만큼 사람을 빨리 잡아끄는 것이 또 있을까?

언어가 다르고 피부가 달라도 술이 있는 곳에서는 아주 자연스럽게 경계선이 허물어진다. 처음 만난 사람들이 친구가 되고, 오누이가 되고 연인이 된다. 어떤이들은 '그놈의 술 때문에…….' 라며 술이 웬수라고 여기기도 하지만 나는 다르다. '그 좋은 술 때문에 더 좋은 사람들을 많이 만나게 될 수 있어서…….' 라고 말하곤 한다.

1995년 10월 처음으로 해외여행 길에 올랐다. 아니 엄밀히 따지면 여행이 아니라 회사업무 차 떠난 것이었다. 대학졸업 후 주간 신문사에서 몇 년간 강도 높은 트레이닝을 거친 덕에 취업전문잡지를 만드는 잡지사에 스카웃되어 들어갔고 적극적으로 일하는 모습을 높이 평가한 사장님의 특별 보너스로 기획실 직원의 일본 출장길에 덤으로 따라붙은 것이다.

4박 5일의 일정으로 동경으로 날아갔다. 말로만 듣던 일본 동경의 모습에 낯설기보다는 깔끔하게 정돈된 도시라는 느낌을 받으며 기획실 직원의 뒤만 졸졸 따라다녔다. 그 직원은 이미 일본 어학연수까지 다녀온 터라 동경 시내 곳곳을 서울보다 더 쉽게 찾아다닐 정도였으니 나로서는 잡지에 필요한 사진 자료를 챙기면서 사장 딸인 그 여직원의 보디가드 역할을 하는 게 내 임무였다.

호기심 많은 '박창수'가 꿔다놓은 보릿자루처럼 그녀의 뒤만 따라다니는 것에 만족할 리가 없었다. 현지 일정이 끝나고 귀국하기 전날 저녁, 피곤해서 일찍 숙소에 가겠다는 그녀에게 "나 혼자서 동경 시내 구경 좀 하고 싶다."고 했더니 그녀는 "숙소까지 전철 타고 혼자 올 수 있겠어요? 여긴 서울이 아닌데."라며 걱정을 했다. 결국 숙소 주인의 명함을 나에게 건네주면서 만일 길을 잃어버리면 전화를 하라고 하고 그녀와 나는 헤어졌다. 신주꾸 전철역 앞에서.

늦가을 저녁 해는 일찍 기울어져갔다. 지금 생각해 보니 그때 찾아간 장소가 신오꾸보(신주쿠역에서 10여 분 떨어진 한국인 타운)였다. 신주꾸에서 가부기쵸 거리를 지나 횡단보도를 건너니 한국인들의 모습이 여기저기 눈에 띄고 '소주'라고 쓰여진 한국식 포장마차가 눈에 들어왔다. 며칠 동안 맥주 몇 잔밖에 마시지 못한 터라 소주가 여간 반갑지 않을 수 없었다. 소주 한 병과 모래집을 시켜서 그야말로 보는 사람 군침돌게 먹고 있는데 머리를 빡빡 깎은 젊은이가 옆에 앉더니 막걸리를 시켰다. 누가 먼저라고 할 것도 없이 눈이 부딪히며 목례를 했고 처음 보는 그와 나는 짧은 영어를 무기로 대화를 이어갔다.

나보다 나이가 두 살 젊은 도쿄의 모 종교신문사 취재기자였다. 직업이 같고 나이가 비슷하니 대화는 한결 부드럽게 풀렸고 서로의 술을 따라주면서 밤은 깊어갔다. 나는 그때 처음으로 일본의 젊은이들이 고등학교나 대학교를 졸업하고 취직을 하면 같은 도시에 부모님이 계셔도 혼자 독립하는 이들이 적지 않다는 것을 알았다. 그는 한국에 대해 관심이 많아 이미 Y대학교의 어학당에 와서 3개월간 한국어 공부도 하고 간 친구였다.

소주 두 병을 비웠을 때는 시간이 11시가 가까워지고 있었다. 내가 머무는 숙소는 신주꾸 역에서 야마노떼센을 타고 가다가 우에노역에서 다시 전철을 갈아타고 몇 정거장을 더 가야 하는 곳에 있었다. 시간이 40여 분 소요되는 거리다. 도쿄의 경우 전철을 놓치면 택시비가 너무 비싸기 때문에 우리 돈 10만 원은 족히 나오는 거리인 만큼 지히철을 놓치면 큰 문제가 아닐 수 없었다. 지하철역으로 허겁지겁 뛰어가는 내가 불안했는지 그가 지하철 타는 것을 도와주겠다면서 동행했다.

신주꾸역에 도착은 했지만 술 한 잔 한데다 밤이다 보니 방향감각을 잃어서 어디서 타야 할지 겁부터 났다. 불안감에 휩싸인 내 얼굴을 보고 마음 편치 않았는지 그는 나를 숙소까지 데려다주고 가겠노라며 안내했다. 고마움은 더할나위없지만 은근히 걱정스러웠다. 나를 데려다주면 그는 택시를 타고 이동을 해야 하는데 그 거리 또한 만만치 않은 듯했다.

일본인들의 경우 여간 가까운 사이가 아니면 남의 집에서 쉽게 자는 일이 없다는 말을 들었지만 택시를 타고 돌아가야 하는 그에게 너무 미안한 마음이 들어 나는 내 숙소에서 자고 갈 것을 권유했다. 마침 내 방이 트윈 베드룸이어서 침대 하나가 남아도는 상황인데다 같은 남자이고 상대가 독신이라고 하니 예의 무시하고 그를 붙잡았다. 처음에는 사양하던 그도 결국에는 허락을 했다.

술꾼들이 한방을 쓰게 됐으니 그냥 잠에 들 리가 없다. 모텔 1층에 있는 자판기에서 맥주 4캔을 빼서 방으로 가져갔고 우리는 서로 각자의 침대에 걸터앉은 체 맥주를 마시며 못다 한 얘기를 이어갔다. 참으로 특별한 추억이었다. 만난 지 5시간 밖에 안 된 일본 친구와 같은 방에서 술을 마시며 대화를 나누고 있다는 자체가 마치 현실처럼 느껴지질 않았다. 이튿날 아침 그는 서둘러 일어나서 그곳에서 곧장 출근을 했다.

그런데 역시 여직원은 눈치가 5단이었다.

"과장님 어제 누구 데리고 오셨죠. 여하튼 대단하셔. 일본 사람들은 남의 집이나 숙소에서 쉽게 자지 않는데……."

나는 자랑이라도 하듯 종교신문 기자와의 만남과 대화내용 등을 비롯해 그를 숙소로 데리고 오게 된 사연을 일일이 설명해주었다. 아주 순진한 마음에서. 하지만 귀국 후 부장님으로부터 싫은 소리를 들어야 했다.

"박과장! ○○하고 갔으면 조심을 해야지. ○○가 사장님한테 이런 저런 얘기 다할 거라는 거 몰랐어. 일본 갔을 때 혼자서 신주꾸서 술 마시고 숙소에 일본사람 데리고 왔다면서. 에이구. 바보야. 흉잡힌 거야. 이제 일본 출장은 다시 못 갈 거야."

출장 중 술이나 마시는 그런 사람으로 낙인찍힌 셈이었다. 기분이 썩 좋지는 않았지만 그렇다고 죄를 지은 것도 아니고 회사에 피해를 준 일도 아니기에 그로 인한 불이익을 받지는 않았다. 물론 나는 1년 반 더 다닌 후 대학원 공부를 위해 자의적으로 그 회사를 나오긴 했다.

한 가지 아쉬운 것은 나이나 직업이 비슷하고 대화가 잘 통했던 그 친구와 귀국 후 한두 번 전화 통화는 했는데 지속적으로 만남이 이어지진 못했다는 것이다. 당시만 해도 휴대폰이 일반화되지 않았고 회사일 때문에 현실에 급급한 상황이었기에 좋은 인연을 제대로 관리하지 못한 내 잘못이 크다. 다시 그를 만나지는 못했지만 술 한 잔으로 짧지만 기억되는 추억을 만들었으니 술이야말로 때로는 아주 괜찮은 인연의 자석 같은 게 아니겠는가?

그후로도 나는 해외여행 길에서 술로 인해 알게 된 사람들이 한둘이 아니다. 늘 술 한 잔과 대화를 통해서 맺게 된 인연은 굳이 지속적인 관계나 만남이 이루어지지 않는다 하더라도 늘 새롭고 아름답고 좋은 추억이 된다.

그녀! 지구 한 바퀴 여행 중

2006년 스페인 여행을 하면서 마드리드를 거점으로 삼고 그곳의 한인민박에 여장을 풀어놓은 후 이 도시 저 도시를 돌아다녔다. 중세유럽의 역사가 그대로 살아 있는 듯한 착각을 불러일으킬 만큼 다양한 문화유산이 잘 보존되어 있는 스페인은 새로운 것을 위해 소중한 옛 흔적들을 뒤엎어 없애버리는 우리의 현실과는 아주 대조적인 나라다. 때문에 볼거리 느낄 거리가 한두 가지가 아니다. 스페인 대다수의 문화유적 관광지들과는 달리 좀 현대적이면서도 색다른 느낌을 갖게 되는 곳이 있다면 바르셀로나를 꼽지 않을 수가 없다.

바르셀로나는 세계적인 건축의 거장으로 바르셀로나에서 태어난 가우디의 작품들로 수놓아진 듯한 도시다. 지금까지 100년 동안 지었는데도 앞으로 100년 간 더 지어야만 완성작이 된다는 '사그라다 파밀리아 성당'을 비롯해 구엘공원, 까사밀라, 까사바트요 등 많은 건축물은 '가우디'와 '바르셀로나'를 동일화시키게 될 만큼 강한 인상을 남긴다. 유기적이고 환상적인 가우디의 표현주의 건축세계는 자연주의적 요소를 지니며 바로크적인 요소도 갖고 있다. 가히 천재적인 건축가라는 말이 저절로 나온다. 그러니 이런 바르셀로나를 가보지 않을 수 없는 일.

마드리드에서 심야버스를 타고 여섯 시간 넘게 달려간 바르셀로나는 다양한 추억을 안겨주었다. 스페인의 명품으로 통하는 전통식품 '하몽'과 와인을 내놓던 민박집 주인아저씨, 한국에서 온 배낭여행 대학생들, 가우디의 건축물들 등등. 하지만 나에게는 아직도 잊혀지지 않는 얼굴이 있다. 민박집에서 만나 열 시간 정도를 같이 움직였던 J다.

늘 그랬듯이 민박집에서 주는 한식(아침)을 아주 맛있게 먹고 정신없이 시내관광에 나서는데, 30대 초반의 한 아가씨가 뒤따라 나오면서 자신도 구엘공원을 비롯해 바르셀로나 시내관광에 나서는 길이라고 했다. 나이 어린 여대생이 아닌데다 건네는 말솜씨가 제법 매너와 사회 경력 냄새가 묻어나니 나로서는 동행이 오히려 반갑지 않을 수가 없는 일.

그때 J는 33세의 미혼여성으로 대학졸업 후 10여 년 간 은행을 다니다가 사표를 던지고 해외 여행길에 나선 지 3개월 정도 되었다고 했다. 오지여행 전문가 한비야씨가 좋은 직장을 버리고 어느 날 갑자기 세계 곳곳을 찾아다닌 후 여행기를 쓰고 그것이 베스트셀러가 된 이래 한국의 여대생은 물론이고 직장여성들 사이에 해외 배낭여행 붐이 일어난 것까지는 잘 알고 있었지만 그 대표적인

사례를 실행으로 옮기는 주인공을 만난 것은 그때가 처음이었다.

그녀는 퇴직금과 저축해둔 돈 중 적지 않은 돈을 세계 일주에 사용하기로 하고 여행길에 올랐다. 6개월 간 지구의 반 바퀴를 돈 후 한국에 들어가 잠시 휴식을 취한 후 다시 남은 반 바퀴를 돌 작정인 것이다. 물론 세계 각국을 다 둘러보는 것은 아니고 그 절반일지라도 여하튼 지구를 한 바퀴 도는 형태의 여행을 하기 시작한 셈이다.

그런 J가 부럽기도 하고 다른 한편으로는 궁금하기도 했다. 한 가정의 가장으로서 먹고 사는 현실에 급급한 입장인 나로서는 여행도 먹고 살기위한 전쟁 중 하나인 셈이었으니 딸린 자식 없이 미리 모아둔 돈으로 훨훨 자유롭게 이곳저곳을 날아다니는 그녀가 부러운 것은 당연지사 아니겠는가? 그런데 J가 하는 말에서 나는 동감을 갖는 동시에 또다시 부러움 속으로 빠져들었다. 1년간 여행을 한 후 그 다음은 미국에 가서 경영학 석사과정을 공부할 작정이라는 것이다. 참으로 인생을 제대로 디자인해서 알차고 야무지게 살아가는 젊은 여인이라는 생각이 들었다. '대학 졸업반이기에 남들 다 가는 유럽 여행 나도 한 번은 가야 되지 않는가' 라는 생각으로 여행을 온 젊은 대학생들도 여럿 만났고 그들을 보면서 대학시절 나는 그런 꿈조차 꾸지 못하고 보내야 했던 것을 생각하면 부럽긴 했지만 후회나 질투까지는 느끼지 못했다. 하지만 J가 자신의 인생을 제법 깔끔하고 멋지게 스스로 개척해 가는 모습을 엿보면서 '나는 대체 젊은 시절 무엇을 했는가?' 라는 후회 같은 것이 가슴속으로 밀려오기까지 했다.

그날 J와 나는 오누이 같은 아주 편안한 여행 동반자로서 구엘 공원도 가고 재래시장도 구경하고 점심식사도 함께했다. 열 시간도 안 되는 비교적 짧은 시간이었지만 그녀와 함께했던 시간은 매우 아름답고 유익했으며 길 위에서 만난 그야말로 즐거운 인연이었다. 서울 시내 한복판에서 처음 만난 조카 같은 여성과 온종일 같이 돌아다녔다면 그것은 누가 보아도 불륜이고 정신없는 인간의 미친 짓(?)쯤이었을 게다.

벌써 6년이 흘렀다. 지금쯤 J는 미국에서 석사학위를 마치고 현지에 취직했을까? 아니면 다시 국내에 들어와 취업을 했을까? 또는 멋진 남편을 만나 결혼을 했을까? 마치 친척 동생이나 조카처럼 지금도 그녀의 그후가 궁금해지고 또 그 시절 기억이 떠오르는 것은 아마도 두 가지 이유에서일 것이다. 하나는 우연한 기회에 외국 여행지라는 특별한 공간에서 만났다는 것과 다른 하나는 자신의 삶을 멋지게 개척해나가는 젊은이었다는 것.

이런 만남으로 인해 '바르셀로나' 하면 이제는 '가우디'라는 유명건축가는 물론이고 'J' 그녀가 떠오른다. 이쯤 되면 내게는 J가 아주 소중한 기억속의 얼굴이 아닐 수 없다.

바르셀로나 **까딸루냐광장**

구엘의 작품 같은 건축물들을 둘러볼 수 있는 시가지와 해변가로 이어지는 번화가의 중간지점에 바르셀로나를 대표하는 까딸루냐광장이 있다. 이곳에서는 국내 유명기업들의 옥외광고도 볼 수 있을 정도로 중심가인 셈이다. 광장은 넓고 비둘기 수만큼이나 많은 사람들이 늘 북적이는 곳이다. 지하에는 전철도 다니고 있어 교통도 편리한데다 잠시 앉아서 휴식을 취하기에도 좋은 장소다. 하지만 반드시 조심해야 할 것 한 가지는 지갑이나 여권, 손가방, 카메라 등 모든 것을 조심하라는 것이다. 이곳에서는 소매치기들이 극성을 부린다. 그야말로 눈 깜짝할 사이에 가방이나 카메라를 가로채서 달아나는 도둑놈(?), 소매치기놈(?)들이 한둘이 아니다. 실제로 나 역시 이곳에서 그 비싸고 아까운 디지털 카메라를 소매치기 당했다. 사전에 민박집에서 '조심하라'고 그렇게 교육을 받았건만 잠시 방심하는 사이에 눈 뜨고 카메라를 빼앗기는 그야말로 충격적인 사건을 직접 경험했으니 아 까딸루냐광장이 나에게는 두 번 다시 보고 싶지 않은 해적 같은 존재가 된 것이다.

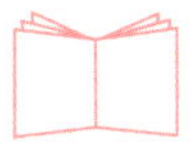

이스탄불! 사마티아홈! 그리고 안주인!

터키에 대한 정보도 없었다. 주변에 다녀왔다는 사람도 없고 사돈의 팔촌 누구 하나도 내가 아는 사람 중 터키에 살고 있는 이가 없었다. 인터넷에서 이런 저런 여행 정보를 찾아보긴 했지만 구체적으로 어떻게 어느 지역을 가겠다는 일정표도 짜지 못했다. 하지만 그야말로 무대포식의 여행을 감행하는 나이기에 2007년 12월 중순 장장 16시간 동안 비행기를 타고 이스탄불로 날아갔다. 믿는 것은 오직 하나 이스탄불 민박집 '사마티아홈' 뿐이었다. 그곳에만 가면 모든 것이 해결될 거라는 막연한 믿음이 전부였다.

'형제국가' 라고는 하지만 늘 시끄러운 중동과 유럽 사이에 끼어서 크게 좋은 소문이 나 있는 것도 아닌데다 가끔씩은 종교적인 문제가 발생하기도 하는 나라이다 보니 출국 전에 주변에서는 '우리나라 사람들에게 친절하다던데' 라는 이도 있었지만 오히려 '조심해야 될 걸' 하고 걱정해 주는 이들도 있었다.

밤 열한 시가 넘은 시간, 아타투르크 공항에 내리자 묘한 불안감이 엄습해 왔다. 픽업을 부탁하긴 했지만 얼굴도 모르는데다 아무래도 터키 사람이 나왔을 텐데 서로 말이 안 통하면 서로를 알아보지 못하는 일도 발생할 텐데 그렇게 되면 어쩌나 하는 걱정도 들었다.

입국 수속을 마치고 짐 가방을 찾아서 만나기로 약속한 장소로 가자 체격은 크지만 얼굴에 미소를 살짝 머금고 다가오는 아랍계의 남자가 있었다.

"코리아? 박–창 – 수?"

"예스. 사마티아홈?"

"예스."

의외로 쉽고 간단하게 픽업 나온 사람과의 만남이 이루어지고 그의 차를 탔다. 주인이냐고 묻자 상대는 아니라고 했다. 자신은 사마티아홈 남자 주인의 친구라고 했다. 뒤늦게 알았지만 엄밀히 말하면 아르바이트식으로 사마티아홈을 찾아오는 고객들의 공항 픽업을 전담하는 사람이었다. 차가 시내로 들어섰을 즈음 이스탄불은 조용한 도시라는 인상이 들었다. 암흑의 도시는 아니지만 그렇다고 서울처럼 휘황찬란한 네온사인들이 춤을 추고 거리는 시끌벅적한 분위기는 아닌 듯싶었다. 남자는 4층 건물들이 촘촘히 붙어 있는 도로변의 건물 앞에 차를 세우더니 전화를 걸고 초인종을 눌렀다. 그리고 인사를 하곤 다시 떠났다.

좁은 계단을 올라가자 문을 열어주는 사람은 다름 아닌 한국인이었다. 사람 좋아 보이는 편안한 웃는 얼굴의 여자는 나이도 40

은 다 되어 보였다. 한밤중이다 보니 여자는 방을 안내해 주고 반드시 알아야 할 몇 가지만 얘기한 후 계산을 비롯해 궁금한 여행 정보 등에 대한 얘기는 이튿날 하자고 했다. 주인인지 아닌지는 모르지만 한국인이 있으니 이제 터키에서의 2주간의 여행에 대한 걱정은 하지 않아도 되겠다는 안도의 한숨을 내쉬며 2인용 침실에서 아주 편안하게 잠을 청했다. 집에서 출발하여 민박집에 도착하기까지 자그마치 24시간 정도가 걸렸으니 그날 밤 나는 아마도 코를 드르렁드르렁 골면서 꿈속을 헤맸던 것 같다.

여자는 다름 아닌 사마티아홈의 안주인이었다. 나이는 당시 마흔셋으로 나와 동갑나기였고 터키로 시집을 온 지 이제 막 1년이 조금 더 지났다고 했다. 점잖고 착하게만 보이는 남편은 본래 고등학교 교사였는데 결혼 후 시내 중심가에서 선물용품 가게 문을 열었다고 했다. 터키 여행을 와서 남편을 처음 만나 3년간에 걸쳐 사랑을 키우다가 결혼에 성공한 40대 신혼부부는 오래 산 부부처럼 아주 잘 어울리고 자연스러워보였다.

터키 여행 15일 동안 나는 단 3일 밤을 제외하고는 나머지를 그곳에서 먹고 자면서 보냈다. 주인이 서비스로 내놓는 맛있는 터키 빵은 간식 삼아 커피에 곁들여 먹고 아침 저녁을 직접 해먹었다. 김치, 김, 참치, 장아찌, 고추장 등등 가져간 반찬과 양념을 활용해 김치찌개를 끓여서 다른 여행객들과 먹기도 하고, 밥을 해서 나눠 먹기도 했다. 어떤 날은 시집와서 처음으로 담아본 김치라면서 맛을 보라고 한 접시 내주기도 했고, 끼니 거르지 않고 직접 밥과 요리를 해먹는 나를 보면서 타고난 여행꾼이라고 다른이들에게 소문을 내기도 했다. 이렇게 즐거운 시간이 흐르는 사이에 안주인과 나는 동갑인 나이만큼이나 편안하게 의사소통이 이루어졌고 가족에 대한 얘기, 터키에 대한 이런 저런 문화 등등 많은 대화를 나누었다. 특히 터키사람인 남편은 여행객들을 위해 직접 전화를 걸어 버스 예약을 해주는 하면 매일같이 이런저런 정보를 찾아주다가 출근 시간을 놓칠 정도로 아주 인정 많고 고마운 사람이었다.

잡지에 실을 현지 취재 정보는 물론이고 매일 아침마다 그날 그날 찾아갈 장소에 대한 사전정보를 안주인과 그의 남편으로부터 얻곤 했다. 그 덕분에 라디오방송 내용, 잡지 기사를 넉넉히 확보했고, 매일같이 신이 나서 새로운 장소를 찾아다닐 수 있었다.

여주인은 한마디로 아주 성격 좋은 여자였다. 화려함과 도도함 겉치레와는 그다지 거리가 먼 솔직담백한 스타일로 매사에 꼼꼼하고 세심하면서도 사람을 편안하게 해주는 인간미가 있었다. 항상 웃으며 말하는 모습에 머물고 있는 사람들 모두가 편안하게 다가섰다. 나 아닌 다른 젊은 여행객들과도 잘 어울리고 즐거운 인연을 맺어가고 있음을 쉽게 알 수 있었다. 어떤 날은 그곳에 머물고 있는 여행객들 모두를 식탁으로 불러서 자신들의 음식을 나눠주기도 했다. 성격이 그쯤이나 되니 이국 멀리 흑해가 있는 이스탄불까지 시집을 올 수 있지 않았을까 싶은 생각이 저절로 들었다.

성격 좋고 인심 좋고 정이 있는 안주인이 있는데다 사마티아홈의 거실인 다락방에서 이른 아침 커피 한잔과 함께 맞이하는 흑해에서 솟아오르는 해돋이는 나를 이스탄불과 사마티아홈 속에 가두어 버렸다. 1년 아니 2년 후일지라도 반드시 아들을 데리고 다시 오고 싶다고 하자 안주인은 이렇게 말했다.

"박 선생님 다음에 오면 글도 쓰시고 몇 달 있다 가세요. 우리 부부 여행도 좀 다녀올테니 집도 좀 봐주시고요 . 하 -하- 하."

정말이지 안주인의 말처럼 나 또한 그랬으면 좋겠다고 생각했다. 농산물, 해산물 등 먹거리가 풍부하고 사람들은 친절하기 그지없으며 동서양의 조화 속에 신비스러운 기운이 느껴지는 매력 만점의 이스탄불. 여행을 마치고 돌아온 후 한동안 사마티아홈 추억을 못 잊어 카페에 들어가 글도 남기고 안부도 묻곤 했다. '짱구' 라는 아이디가 아직도 남아 있고 그 시절 올린 글도 그대로 남아 있으니 아무래도 더 시간이 흐르기 전에 이스탄불 여행을 준비해야겠다고 마음먹었다.

그리고 4년 후 실제로 나는 아들을 데리고 다시 사마티아홈을 찾아갔다.

(사마티아홈 게시판의 글)

인사동서 술 한잔 | Talk, Talk(할 말 있어요)

짱구 | 조회 31 |추천 0 |2008.01.18. 04:19 http://cafe.daum.net/samatya/MOl7/39

날마다 아침에 일어나면 이층으로 올라가

커피를 마시고 메일을 확인하고 바다를 바라보던 사마티야 거실

아— 잊을 수가 없네요.

서울 도착해서 열심히 세탁하고 아내가 외출한다기에 아들과 맛있는

빵(그곳에서 사왔는데 아들이 잼 발라먹으며 너무 맛있다네요)과 라면

끓여 저녁 먹고 아내가 돌아오자 친구들 만나러 시내 갔다가 한 잔 하

고 왔는데 아직도 구분이 안 되는 겁니다. 이스탄불인지 집인지 그래서

사마티야홈에 들어오구……ㅎㅎㅎ

아무래도 전 사마티야를 벗어날 수 없을 것 같네요.

이쁜이 네 분 잘 계시다 서울 잘 오시구요.

광주 여선생님들 연락하시구요.

또 카파도키야에서 만난 서울 여선생님과 학생들 사진 보내주시면서

연락하세요.

인사동서 술 한 잔 하자구요.

80

시차 적응이 좀 안 되지만 잠을 자야 내일 일하겠죠.

모두들 건강하고 안녕하시길…….

Samatya HOME 08.01.26. 00:04 ㅋㅋ 터키 빵도 사가셨군요. 터키 빵 정말 맛나지요. 오늘 아침도 저흰 꽃빵을 먹었답니다. ㅋㅋ 사마티아 홈에서 만난 친구들 서울서 만나면 제 안부도 좀 전해 주세요. 여행을 하며 만난 좋은 인연, 오래 이어지면 저희도 멀리서 기쁠 거예요. 저도 인사동서 술 한 잔 할 날 있겠지요. 사마티아 홈 인연들과.. 신고

NARI 08.01.25. 21:23 박작가님 서울하늘서 다시 한 번 뵐 것 같아요~ㅎㅎ 저희들도 서울 잘 도착했구요..^^ 조만간 다시 뵙길

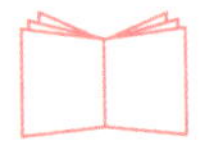

유럽 노인 속에 비친 아버지 얼굴

해외여행으로 출국하기 전날은 늘 그렇듯이 밤을 꼬박 새우게 된다. 보통 2주 정도의 일정으로 떠나지만 여행준비 할 것이 많기 때문이 아니다. 여행준비에는 익숙해져 있어 오랫동안 준비하지 않는다. 한두 시간이면 충분하다. 문제는 잡지사에 마감할 원고를 못했다거나 여행기간 중에 마감해야 할 출판사나 사보 원고를 미리 써서 보내고 가야 하므로 그야말로 쫓기듯이 일하다 밤을 지새우게 된다. 이쯤 되면 탑승 후 20분 이내에 곯아떨어지기 마련이다. 하지만 비행기가 이륙한 후 한두 시간 지나면 첫 번째 기내식이 나오니 어쩔 수 없이 눈을 떠야 한다. 공짜가 아닌 당연히 내 몫으로 주어지는 것을 못 챙긴다면 그것은 후회할 일이기 때문이다. 출국 한두 시간 전에는 공항 식당에서 김밥, 라면으로 배를 채우는데도 긴장 때문인지 기내식이 나오자마자 기다렸다는 듯이 순식간에 먹어치우곤 한다.

2009년 12월 유럽여행을 떠날 때도 상황은 마찬가지였다. 회사

에서 출장을 가는 것도 아니고 프리랜서 작가가 가난한 주머니를
털어서 떠나는 여행이다 보니 좌석은 늘 이코노미클래스다. 수면
을 취하지 않는 시간 굳이 옆 자리 앉은 사람의 동태를 신경 써서
보지 않으려 해도 피해갈 수 없는 환경이다. 세 명이 앉는 창가 좌
석의 중간에 앉은 나의 왼쪽 자리 주인은 유럽인 할아버지였고,
오른편은 흑인 남성이었다.

기내식을 먹을 때면 으레 나는 오렌지 아니면 애플주스를 마신
다. 그날은 애플주스를 생수삼아 마셨다. 흑인 남성은 캔 맥주를,
유럽 할아버지는 블랙와인을 주문했다. 흑인 남성은 식사를 끝내
기 전에 이미 맥주를 다 비우고 하나를 더 주문했다. 그런데 이상
한 것은 유럽 노인. 와인을 받은 후 서빙을 하는 스튜어디스들이
앞으로 이동하면 그 순간을 놓칠세라 재빠르게 발밑에 놓아두었
던 작은 가방을 열고 그 안에 와인을 집어넣었다. 그리고 식사를
마치자 또다시 와인을 주문했다.

인천공항에서 네덜란드 암스테르담 스키폴공항까지 가는 길은
단조롭지만 인내심이 적당히 필요하다. 직항을 타더라도 열한 시
간에서 열두 시간 정도가 걸린다. 노인의 행동이 조금은 낯설게
느껴졌지만 잠은 안 오고 마땅히 할 것은 없어서 와인이나 천천히
마시면서 시간을 때우기 위한 것인가 보다 하고 생각했다. 식사
후 차나 커피를 마시기도 전에 나는 또다시 수면 속으로 빠져들었
다. 한참을 잔 것 같은데 눈을 뜨니 이륙한 지 4시간이 조금 더 지
난 듯했다. 화장실을 다녀와 다시 눈을 감으려 하는데 스튜어디스

들의 음료 서비스가 다시 시작된다. 흑인 남성은 여전히 맥주이고, 유럽노인도 마찬가지로 전과 동일하게 와인을 주문한다. 목이 마른 나는 오렌지 주스를 주문했다. 이번에도 노인은 와인을 마시지 않고 가방 속에 넣었다. 두 번째 기내식을 먹을 때도 마찬가지였다. 노인은 블랙와인만 두 번 더 주문했다. 그리고 호기심에 어린 내 눈길을 자극이라도 하듯 어김없이 와인은 또다시 가방 속으로 들어갔다.

공항에 도착하여 자리에 일어설 무렵 노인은 그 가방을 집어 들었다. 조금은 무거워 보인다. 내 예상으로는 와인이 적어도 여섯 병 정도는 족히 들어갔을 듯하다. 노인의 뒤를 따라 걸으면서 여러 가지 생각이 교차되었다.

'와인을 좋아하는 사람인데 평소 와인 사 마실 돈이 없는 걸까?'

하지만 유럽에서 와인을 마시는 것은 물론 종류에 따라 다르긴 하겠지만 우리가 맥주를 사 마시는 것과 크게 차이 없는 비용인 만큼 아주 가난뱅이가 아니라면 저렇게까지 궁상을 떨 필요는 없을 거야 '아니다. 기내 와인이 수퍼에서 사는 와인보다 훨씬 맛이 좋기 때문에 챙긴 게 아닐까'

그 순간 언젠가 인터넷에서 읽은 뉴스 내용이 떠올랐다. 국내 항공사가 기내 와인을 바꾸기 위해 세계 소믈리에 챔피언 경력의 유명한 소믈리에를 비롯한 전문가 3명 초청하여 284종의 와인을 대상으로 블라인드 테스트를 진행했다는 뉴스다. 아무래도 기내에서 서비스로 나오는 와인의 맛이 정말 좋기 때문에 노인은 와인을 챙겼을 거라는 생각으로 쏠렸다. 게다가 누가 마셔도 마실 임자 없는 기내 와인 몇 병 챙겼다고 해서 흉을 볼 일도 아니라는 생각까지 들었다. 물론 나에게 시키면 못하겠지만.

와인이 든 가방을 어깨에 메고 걸어가는 노인의 뒷모습이 어찌나 당당해 보이던지 마치 개선장군과도 같았다. 그 옛날 읍내 5일장에 갔던 아버지가 자식들을 주려고 사과장수 친구에게서 공짜로 얻은 사과봉지를 마치 금덩어리처럼 소중하게 가슴에 안고 집으로 들어오시던 그 모습과도 흡사했다.

조금은 촌스럽고 조금은 궁상맞아보였던 노인의 기내 와인 챙기기! 젊은이나 중년의 사내가 그랬다면 속으로 '저렇게 하고 싶을까?' 라고 했을 내 감정이 알 수 없는 미묘한 인정으로 바뀌면서 이제는 돌아가신 시골 부모님들의 모습을 떠올리는 것은 무슨 연유일까?

오후 네 시경 탑승했는데도 스키폴공항에 도착한 시간은 여전히 그날 저녁 6시다. 8시간의 시차가 나기 때문에 서울은 이미 다음날이 되었는데도 현지 시간은 출국한 지 불과 두 시간 후인 것이다. 다리와 어깨가 뻐근하고 피곤함이 몰려올 법한데 그 노인을 지켜보며 온갖 상상을 즐겼기 때문일까? 내 몸은 그다지 지쳐 있지 않았고 민박집 주인이 알려준 대로 버스에 가볍게 올랐다.

2012
2.13
pako sengyou

사람

만나고 그리워하고 잊혀지고

그게 사람이고 사람냄새다

정처없이 떠난

여행길에서 사람을 만난다.

누구든 좋다

함께 마주보고 말하고 웃고 먹는 순간순간

그것만으로도 길 위에서 만난 사람들과의 인연은 아름답다

사람이 혼자 살 수 없듯이

길 위에서의 시간도 늘 혼자가 아닌 함께다.

서울에서 왔든 북경에서 왔든

인도 사람이든 미국 사람이든

사람과 사람의 만남만큼

그래서 오가는 인정만큼

아름답고 소중한 게 어디 또 있겠는가.

"행복지수! 한국보다 더 높은 것 같아요"

시간은 1998년 12월로 내려간다. 벌써 14년 전의 이야기가 되었다. 늦총각이 여섯 살 어린 아내를 신부로 맞이하던 그해 12월 신혼부부는 본래 일본으로 신혼여행을 가기로 약속 했었다. 어쩌면 야무진 꿈이었는지도 모른다. 프리랜서로 일하던 남자는 돈 벌어놓은 것도 없이 대학원 다닌답시고 그나마 모아둔 전세방 비용마저 거덜낸 상황이었다. 신부는 직장을 그만두고 오로지 신부수업 중이었으니 IMF 여파로 돈가뭄이 심하던 그 시절 이들 예비부부에게 일본으로의 신혼여행은 사실 무리가 따르는 일이었다. 오기 하나로 '일단 일을 저지르고 보자'는 식의 남자는 비자서류를 준비하고 있었는데 다행인지 불행인지 예비신부의 비자서류에 문제가 생겨 일본행은 무산되고 말았다.

두 사람이 택한 곳은 중국 북경! 신혼여행지로 그다지 각광받을 곳은 아니지만 해외여행이라는 것, 신혼여행이라는 이유만으로도 추운 겨울 북경으로의 여행은 나름대로 설레임과 호기심, 그리고 특별한 느낌을 동반했다. 이런 저런 사정으로 출발 3일 전에 여행지가 북경으로 정해지면서 숙소도 잡지 못하고 떠난 신혼여행이었다. 철없는 늦총각 신랑인 '나'는 그야말로 가진 것은 밀어붙이기 도전 하나뿐인 사람이라는 소리를 듣기 딱 좋은 사람이라는 사실을 스스로도 인정하지 않을 수 없는 일이었다. 마치 북경을 부산 정도로 알고 항공권만 달랑 구입해 떠난 것이다.

북경공항에 도착한 신혼부부. 그들은 정말 운이 좋았다. 나는 발 빠르게 입국장 초입에서 패키지 여행객을 맞이하기 위해 안내판을 들고 있는 남자에게 다가가 호텔에 대해 몇 가지 물어 보았다. 물론 상대가 조선족 가이드라는 것을 직감하고 다가선 것이다. 그러자 가이드는 자기가 안내해 주겠다고 했고, 이미 예약을 하고 온 다른 신혼부부 한 쌍과 함께 호텔까지 아주 편하게 안내를 받았으니 일단 북경 입성에는 성공한 셈. 하지만 행운은 또 이어졌다. 패키지상품 예약고객이 단 한 쌍이라서 돈만 낸다면 얼마든지 함께 가이드를 해주겠다는 게 아닌가? 물론 사전에 패키지 예약으로 온 다른 신혼부부들에 비해서는 좀 더 비싼 봉사료를 지불해야 했지만 지리나 언어 어느 하나 제대로 아는 것 없이 겁 없이 떠난 터라 그야말로 감지덕지 해야 할 상황이었다.

조선족 가이드를 잘 만난 덕에 우리 부부는 4박 5일간 편안한 여행을 즐길 수 있었다. 이화원, 만리장성, 천단, 자금성 등등 북경과 인근의 관광지를 두루 둘러보고 북경오리고기와 양꼬치 구이도 먹어보고 청도 맥주도 실컷 마실 수 있었다. 숙소도 꽤 규모가 큰 특급호텔에서 안락하게 머물 수 있었으니 나름대로 만족스러웠다.

특히 스물여섯 살의 대학원생이던 조선족 가이드 최를 만난 것은 정말이지 대단히 좋은 일이었다. 최는 아버지가 의사이고 어머니는 대학교수인데, 할아버지 고향이 경상도라고 했다. 그는 아주 친절하면서도 참신한 젊은이였고 가이드로서의 자격을 넘어서 사람 됨됨이가 꽤 괜찮은 친구였다. 때문에 우리 일행은 그에게 섭섭하지 않을 정도의 팁까지 주기도 했다. 그런데 그의 입을 통해 직접 들은 놀라운 얘기 한 가지가 있었다. 그의 말은 이러했다.

"한국 사람들은 중국 사람들을 못 산다고 적잖게 무시하는 경향이 있는 것 같아요. 하지만 중국 사람들의 얘기를 들어보면 행복지수를 따진다면 한국에 비해 훨씬 높다고 생각합니다."

최는 자신 또한 그렇게 생각하고 느낀다고 말했다. 부모의 직업이 상류층일지라도 소형아파트에 살고 경제적으로는 아주 넉넉한 입장이 못 되지만 평소 생활 속에서 느끼는 행복지수는 자신들이 훨씬 높다고 했다.

지금은 많이 달라졌지만 당시 북경의 아파트들 중 대부분이 국가적인 전기에너지 관리 정책으로 인해 저녁 열 시가 넘으면 엘리베이터가 작동되지 않았다. 한겨울에도 거리는 고물 같은 자전거를 타고 움직이는 사람들로 인산인해를 이루고 교통질서는 거의 지켜지지 않았다. 게다가 버스는 콩나물시루 그 자체임도 불구하고 야간에 불도 켜지 않은 채 달리고 있었으며, 특급 호텔 내의 식당에 있는 접시들은 금이 가거나 오래된 것들이라는 느낌을 지울 수가 없었다. 이 같은 현실을 두 눈으로 두 귀로 접한 나로서는 최의 행복지수 발언이 가슴에 와 닿지 않았다.

그후 몇 년이 지나서야 중국에 대한 이해가 좀 더 깊어지고 행복지수라는 것이 꼭 경제적인 여건과 일치하지 않는다는 것을 알았다. 하루 세끼 밥 먹고 편히 누워 잠잘 공간이 있는데다 적당히 자신이 할 일이 있는 한 적어도 날마다 시간에 쫓기고 더 많은 부를 얻기 위해 '돈' '돈' 외치며 살아가는 한국 사람들처럼 스트레스에 시달리는 일은 없을 것이다. 느려 터진 '만만디'의 주인공들이라는 비난을 받기도 하지만 요즘 들어 적잖은 사람들이 장수와 웰빙을 위한 최고의 선택으로 슬로우시티를 선호한다는 것을 감안한다면 평균적으로 볼 때 그들의 행복지수가 높은 것은 사실일 것이다. 중국은 아직도 도시화가 덜 되어 도시와 농촌의 비율이 2 대 8 이라고 한다. 그러니 전통적인 삶의 방식 속에서 여유를 즐기는 수많은 중국 농촌사람들의 삶은 웰빙이 아니고 무엇이겠는가? 중국의 농촌사람들이 명절에 소나 돼지를 잡아 나눠먹는다는 얘기는 들었어도 밥 굶는다는 얘기는 들어본 적이 없으니까.

솔직한 그녀들, "日本남자 싫어."

"차일드쉬childsh"

자신이 일본 사람이지만 솔직히 말해서 일본의 젊은이들, 일본 남자를 그다지 좋아하지 않는다는 열아홉 살 아수코 이시이Atsuco Ishii의 말을 듣는 순간 머리가 갑자기 띵 해지는 충격을 받았다. 우연히 만난 한국의 작가가 '자국민에 대해 어떻게 생각하느냐'는 질문에 거침없이 쏟아놓은 말이었다. 외국인이 묻는 말이니 자국의 명예를 위해서라도 가능한 좋은 얘기를 할 수도 있었을 텐데 그녀는 조금도 거리낌없이 그렇게 말했다. 솔직담백 그 자체다.

2천 년 대로 들어선 어느 해 봄, 출판사에서 일본 책이 좀 팔리니 일본에 대한 책을 쓰라고 종용했다. 가진 것은 열정 하나 밖에 없는 사람이니 일단 일본 땅에 가서 뭐 하나라도 더 긁어와야 하지 않겠나 싶어 초판 인세를 몽땅 여행경비로 충당하면서까지 도쿄행을 감행한 적이 있다. 그때 여고생, 여대생, 직장여성, 주부 등 다양한 계층의 여성들을 만날 수 있었다. 거리에서 만나는 일본의 보통사람들이 갖는 생각, 생활스타일 등에 대해 다양한 대화를 나누었다. 물론 언어의 한계 때문에 어려움은 많았지만 짧은 영어로 대화를 주고 받고 그렇게라도 안 되면 종이에 써가면서 의사소통을 하느라 애를 먹었다. 어느새 10여 년 전의 얘기가 되었지만 그때 도쿄 거리에서 만난 여인들과의 대화는 여전히 생생하게 머릿속에 남아 있다.

신주꾸의 대형 서점 앞에서 만난 아수코만이 아니었다. 이께부끄르 광장에서 만난 사카모토도 마찬가지였다. 병원에서 사무직으로 일한다는 당시 30세의 미혼여성인 그녀는 "계획없이 살아가는 일본 사람들 무척 많아요. 특히 젊은 남자들 정말 형편없어요. 세상 돌아가는 뉴스도 접하지 않고 아무 생각 없이 우선 당장 자기 편한 대로만 사는 사람들이 많고 무정부주의들도 많아요."라고 말하면서 일본 젊은이들 중에서도 남성들이 더 갈수록 약해져만 가고 있다고 했다. 그녀는 덧붙여 말했다. "한국의 젊은이들은 달라요. 주변에 한국 친구들이 몇 있는데 그들은 자기 목표가 뚜렷하고 아주 열심히 살아요."라고.

곁에 애인이 있는데도 불구하고 그녀는 다소 흥분된 어조로 일본의 젊은이들, 일본 남성에 대해 질타의 화살을 쏘아댔다.

일본의 경우 여성들은 갈수록 강해지고 남성들은 그 반대다. 물론 이 같은 현상은 국내에서도 찾아볼 수 있는 단면이긴 하지만 여행기간 내내 만난 일본여성들 중에는 자국의 젊은이들에게서 '희망이 보이지 않는다' 는 식으로 말하는 이들이 적지 않았다.

민박집의 재일교포 여주인이 일본의 젊은 여성들이 젊은이들과 남성들에 대해 부정적인 시각을 보여주는 이유에 대한 답을 시원하게 말해 주었다.

"한국에서는 여자들이 다이어트를 너무 심하게 해서 살이 찌지도 않고 매우 정상적인데도 다이어트를 하다가 건강을 망가뜨리는 경우가 종종 있다고 들었어요. 일본은 젊은 남자들도 마찬가지입니다. 한 마디로 가늘어요. 한창 먹고 일할 청년들 중에는 다이어트나 하고 집에서 무위도식하며 보내는 사람들이 많은 것 같아요. 문제는 문제죠."

일본의 모든 젊은이들 아니 남성들이 하나같이 다이어트에 빠져 있고 무 개념으로 인생을 사는 것은 결코 아닐 것이다. 다만 우리의 젊은층에 비하면, 한국 남자들에 비하면 그들은 더 연약하고 삶에 대한 열정이 덜하다는 것쯤으로 이해해야 할 것이다. 여기에는 그만한 이유가 숨어 있기도 하다.

중국의 경우 국가정책 차원에서 한 가족 한 자녀를 강요하지만, 일본의 경우 이미 20여 년 전부터 한 가정 한 자녀가 보편화됐을 정도로 우리 못지않게 저 출산 시대가 지속되어 오고 있다. 자녀가 하나이다 보니 당연히 부모들의 애정과잉은 마마보이를 양산할 수밖에 없는 상황이다. 게다가 이미 오래전부터 취업하지 않고 아르바이트만 하면서 대충 대충 살아가는 젊은이들이 많다 보니 강한 목표 의식, 열정, 노력 이러한 것들이 그들로부터 갈수록 사라져가는 것은 아닐까 싶다.

일본에서 8년간 일을 하고 돌아온 친구는 이렇게 말한다.

"일본의 10대, 20대 젊은 남자들은 자기 인생에 대한 책임감이나 목표 의식이 부족한 것 같다. 생활 자체도 지나치게 자기중심적이다 보니 여성들로부터 남성적 매력도 점점 잃어가고 있는 게 아닌가싶다."고.

혹자는 일본이 모병제이기 때문에 젊은 남자들에게서 남성다운 면이 부족한 것 아니냐는 이들도 있지만 군대와 삶에 대한 열정 또는 남성적 매력을 굳이 연관시킬 필요는 없을 것이다. 이는 지금 일본 문화나 사회현상의 단면쯤으로 이해하고 넘어가야 하지 않을까.

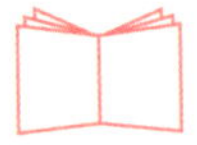

마드리드 지하철엔 뮤지션들이 산다

스페인 마드리드 여행 중 돈 안들이고 귀를 즐겁게 하고 마음의 여유를 느끼고 싶다면 반드시 권유하고 싶은 것이 있다. 지하철을 타라는 것이다.

마드리드는 버스 노선도 잘 되어 있지만 서울이나 마찬가지로 지하철이 시민들의 대중교통 수단으로 큰 역할을 한다. 지하철 노선은 총 9개 노선. 지하철을 서서 기다리는 공간도 서울 지하철 플랫폼의 절반가량 밖에 되질 않는다. 플랫폼으로 들어오는 지하철을 처음 보는 순간 놀라게 된다. 한마디로 미니 관광열차나 다름없다. 지하철 한 칸(량)은 버스 한 대 크기에 불과하며 간격도 무척이나 좁다. 이런 지하철이 보통 5~6량 연결되어 운행된다.

마드리드의 지하철은 작고 화려하진 않지만 정겹고 따뜻한 온기가 감돈다. 시끄럽게 떠드는 이들도 그다지 눈에 띄지 않으며, 장사꾼들의 물건 판매하는 소리도 들리지 않는다. 지하철을 타고 서울의 지하철처럼 실시간으로 뉴스가 제공되고 드라마나 쇼프로그램 재방송을 기대해서는 안 된다. 그럼에도 불구하고 지하철을 타면

귀가 즐겁고 마음의 여유가 생긴다.

그곳에는 다름아닌 뮤지션들이 있다. 중년남자가 켜는 바이올린 소리를 듣노라면 감미롭다 못해 뭔가 낭만적인 일이 곧 생길 것만 같은 설레임을 안겨주기도 하고 남미에서 온 듯한 두 남자가 기타와 아코디언을 함께 연주하면서 뿌려놓는 흘러간 팝송들의 정겨운 리듬은 이곳이 카페인지 아니면 펍인지 혼돈을 할 정도다.

서울의 지하철처럼 "천 원 한 장입니다. 아주머니 아가씨 여학생 누구에게나 어울리는 스카프죠. 기회는 이번뿐입니다."라며 오가는 잡상인들의 목소리, 찬송가나 흘러간 옛노래를 부르면서 앞을 보지 못하는 배우자와 함께 거닐며 구걸을 하는 여인의 목소리도 들리지 않는다. 그곳의 지하철에서 만나는 소리는 감미롭고 정겹고, 그리고 흥이 나는 음악이다. 연주자에 따라 클래식을 들을 수도 있고 흘러간 팝송을 들을 수도 있다.

지하철 내의 뮤지션들은 바이올린, 아코디언, 통기타 등등 악기도 다양하지만 국적 또한 남미, 아프리카, 유럽, 동남아시아 등등 다양하다. 이들은 한 정거장 또는 두 정거장을 지나는 동안 3분에서 5분 정도 짧은 공연을 한다. 보통 2~3곡 정도를 연주한다. 그래도 결코 밉거나 실력없는 뮤지션이라는 시선으로 바라보는 이들은 없다. 어찌 됐든 그들로 인해 정신적 여유와 풍요를 느낄 수 있기 때문이다. 연주가 끝나면 작은 통을 들고 다니며 공연에 대한 감사 표시의 지원금을 받는다. 단, 주는 사람에게서만 받아갈 뿐이며 액수 또한 정해진 것이 없다.

지하철을 타고 10여 분만 움직여도 이 같은 지하철 뮤지션 한두 팀은 반드시 목격하게 된다. 더욱 흥미로운 사실은 자유로운 이들 뮤지션들의 연주는 지하철 차량 내에서만 이루어지는 것은 아니라는 사실이다. 그들은 환승역의 통로 개찰구 앞의 작은 공간에서도 자신들이 즐기고 좋아하는 음악을 연주한다. 돈을 주면 감사한 일이지만 설령 단 10센트를 내놓지 않는다 하더라도 전혀 개의치 않는다는 눈치다.

지하철 내에만도 이처럼 뮤지션들이 많으니 춥지 않은 계절 길거리에 나와 활동하는 거리의 음악가들은 부지기수다. 물론 겨울에도 그다지 춥지 않아서인지 번화가나 광장에서는 거리의 음악가들을 만날 수 있다.

스페인의 **지하철**

일본이나 우리나라, 중국, 호주 등은 지하철 차량의 간격이나 형태가 조금씩 다르긴 하지만 칸에서 칸으로 이동이 가능하고 적어도 7개 이상의 차량이 연결되어 있다는 것이 공통점이다. 하지만 마드리드의 전철은 다르다. 지하철을 타기 위해 가고자하는 노선의 방향을 따라 플랫폼에 도착하면 가장 먼저 눈에 띄는 것은 길이가 좁다는 것이다. 더 중요한 사실 두 가지가 있다. 하나는 차량은 서로 연결되어 있지만 통로는 이동이 불가능하다는 것이다. 만일 두세 명이 함께 여행을 하다가 탑승시 서로 다른 칸에 올라탔다면 내릴 때까지 서로 얼굴을 볼 수 있을 것이라는 기대는 갖지 말아야 한다. 조금 외롭고 걱정되더라도 참는 수밖에는 없다. 통로는 있으나 제한되어 있는 게 아니라 아예 연결 통로가 없다.

또 다른 하나는 문이 자동과 수동 두 가지여서 수동의 경우 하차하는 사람 중 누군가는 반드시 손을 움직여 열고 나가야 한다. 자동문이 열릴 때를 기다렸다가는 한 정거장 더 지나쳐서 내리는 실수를 하게 된다.

뚱녀와 신용카드

2002년 10월 초, 시드니행 비행기에 오르기 전까지만 해도 해외여행이라고는 일본과 중국을 각각 두 차례씩 다녀온 것이 전부였다. 그러니 11시간을 넘게 비행기에 몸을 맡긴 것도 처음이었다.

어머님이 안타깝게 돌아가신 지 2년이 흘렀지만 시골에 혼자 계신 아버지 때문에 늘 마음은 심란했고 일이 갑자기 넘쳐나면서 몸도 적잖게 지쳐 있었다. 그러다 보니 원형탈모증으로 머리카락이 빠지고 머리가 아팠다. 안 되겠다 싶었다. 현실로부터의 도피는 아니지만 잠시 동안만이라도 휴식과 마음을 가라앉히는 시간이 필요했다. 게다가 일과 관련하여 해외원고도 필요했다. 그래서 택한 곳이 호주였다.

특급호텔보다는 늘 한인 민박집을 찾아다니던 나는 민박은 아니지만 한국인이 운영하는 다국적 게스트하우스로 비용 부담이 비교적 덜한 도미토리(현지에서는 'Backpaker'라고 말한다)에 예약을 하고 자세한 정보도 없이 또 한 번 과감하게 떠나는 일을 저질렀다. 저녁비행기를 탔는데 공항에 도착하니 오전이다. 서양인들의 나라는 첫 방문인 만큼 긴장을 해서일까. 바쁜 걸음으로 이동하여 입국심사대에서 간단한 인터뷰를 문제없이 끝내고 수하물 코너로 급히 갔다. 그 시간 공항 게이트에는 예약했던 숙소의 직원이 픽업 차 나를 기다리고 있었기에 마음은 더욱 급하기만 했던 게 아닌가 싶다. 운 좋게도 트렁크를 수하물회전대가 두 바퀴 정도 돌았을 무렵 빠르게 찾을 수 있었고 이젠 됐다 싶어 안도의 한숨을 내쉬면서 마지막 절차인 세관검사대로 향했다. 짐 속에 문제될 것이 없는 만큼 당당하게 검사대를 통과하려 하는데 여직원이 짐을 옆으로 뺐다.

대체 무슨 일이지? 황당하기 그지없었다. 순간 급한 성격의 내 얼굴은 붉게 달아오르기 시작했고 조바심과 함께 짜증이 났다. 내 몸의 두 배는 족히 될 듯한 검사대 뚱녀(여직원)의 얼굴을 마주하는 순간 내가 먼저 무엇이 문제냐고 따져 물었다. 그러자 뚱녀는 트렁크를 열어보란다. 트렁크를 열자 이번에는 짐을 다 꺼내란다. 팬티가 들어 있는 비닐봉지, 운동화까지 일일이 꺼내 늘어놓고 나니 그야말로 가관이었다. 마치 도둑질하다 들킨 사람 같은 심정이었다. 얼굴이 화끈거리고 화가 치밀어 올랐다. 문제될 것이 없자 그녀는 짐을 다시 싸라고 했다.

"이 뚱녀가 나를 똥개 훈련시키듯 하네. 두고 보자 너."

속으로 이를 갈면서 짐을 다시 챙겼다. 그런데도 그녀는 나를 보내주지 않았다. 여권과 항공권을 확인하더니 이번엔 지갑까지 샅샅이 뒤진다. 결국 그녀는 범인의 물증을 확인한 듯한 묘한 표정을 지으며 신용카드를 꺼내들었다. "당신은 박창수인데 왜 도○○ 신용카드를 갖고 있느냐?"는 거였다. 가족사진까지 보여주면서 아내의 것이라고 하자 믿을 수 없단다. 화가 나고 흥분이 되니 그나마 짧게 통하던 대화마저도 되질 않았다.

결혼 전 신용카드 연체로 신용불량자 신세를 겪은 후 몇 년간 나는 신용카드를 만들려고 생각하지 않았다. 때문에 여행경비는 달러를 준비했지만 만약의 비상사태에 대비해 아내의 신용카드를 한 장 소지하고 있던 터였다.

서로 신경전을 벌이다가 끝내 그녀는 어디론가 전화를 걸었고 10여 분 후 한국 법무부 현지 파견 직원이 나타났다. 내가 취재기자이자 작가라는 사실과 신분을 확인한 법무부 직원은 잔뜩 흥분한 나에게 편안한 미소를 보내면서 문제없으니 가도 좋다고 했다. 그리고 그가 하는 말이 한국에서와는 달리 호주에서는 아내의 신용카드를 사용해도 불법이라고 했다. 때문에 아내의 신용카드를 소지하고 있는데다 그녀가 보기에는 뭔가 불안한 듯한 종종걸음으로 이동하는 나의 모습이 이상했다는 거였다. 이런 모습 자체가 의심을 받기에 충분했으니 그녀 '뚱녀' 의 검색과 문제 제기를 이해하라고 했다. 더욱이 당시는 9·11테러 1주년이 막 지난 시점이어서 공항의 검문검색이 아주 심하던 시절이었다.

더욱 화가 나고 얄미운 것은 씩씩대며 출국장을 빠져나가는 나에게 미안하다면서 미소를 던지는 그녀 '뚱녀' 의 마치 아무일 없었다는 듯한 표정. 물론 그녀는 진심으로 미안함을 갖고 있었을지 몰라도 그 상황에서 내 심정은 '너 나쁜 여우 같은 것(?)'이라는 말이 하마터면 입 밖으로 나올 뻔했다. 또 다른 한편으로는 답답하고 억울했던 상황에서 나를 도와준 법무부 직원이 너무도 고마웠다. 우리 정부가 각 국의 현지공항에 직원을 파견 근무시키면서까지 자국민의 애로점이나 문제점을 해결하게 한다는 점에서 내가 대한민국 국민이라는 사실에 적당히 자부심이 느껴지기도 했다.

벌써 10여 년의 시간이 흘렀다. 당시에는 그녀 '뚱녀'가 정말이지 귀뺨이라도 때려주고 싶을 정도로 미웠지만 이제는 가끔씩 공항의 세관검색대를 TV에서 보노라면 뚱뚱하지만 얼굴은 귀여웠던 그녀가 떠오르면서 '아, 그런 추억 하나쯤 갖고 있는 것도 괜찮은 일이다'라는 생각을 해본다.

아직도 그녀는 그곳에서 근무 중일까? 유난히 친절하게 느껴졌던 법무부 파견 직원도 아직 그곳에 있을까? 시드니에 갈 일이 생긴다면 반드시 찾아보고 싶다. 그리고 웅장한 조각 작품 같았던 오페라하우스와 하버브릿지, 그리고 시티로 들어가는 길목의 넓은 초원 같은 언덕과 바닥의 모래알이 보일 만큼 맑았던 바닷물! 내가 기억하는 시드니에 대한 잊혀지지 않는 기억들이다.

우진이는 지금 서울에 있을까?

해외 여행길에서 만난 여행자들은 모두가 친구다. 국적, 나이, 성별을 불문하고 사람들은 '여행자'라는 한 단어 속에서 만난 그들은 서로에게 평소의 절친한 친구나 가족 이상의 의미를 지닌다. 적어도 여행길에서 만나는 그 순간만큼은 그렇다.

파리의 한인 민박집 '짝꿍'. 프랑크푸르트에서 만난 여학생을 통해 알게 된 짝꿍민박은 시원스러운 성격의 젊은 총각 사장의 남다른 마인드가 숨어 있어서인지 음식은 푸짐하고 여행자들 사이의 단합도 잘 되는 곳이었다.

이틀째 되던 날이었다. 이른 아침 기상시간이 되기도 전에 또한 명의 젊은 여행자가 남자 침실로 들어왔다. 순수하고 야무져 보이면서도 총명해 보이는 젊은 아이는 짐을 풀기도 전에 침대 위로 올라갔다. 피곤해 보였다. 유럽에서는 기차나 심야유로라인을 이용해서 이동하는 여행객들이 많다 보니 민박집이나 호텔에 새벽 시간에 문을 열고 들어오는 여행자(예약손님)들이 많은 편이다.

그날 만난 우진이도 그중 한 사람이었다.

오후였다. 잠에서 깨어난 우진이와 우연히 인사를 하게 됐는데 그 친구 불쑥 레종 담배 한 값을 내민다. 파리에서 담배 한 값은 8천 원에서 1만 원 선이다. 준다고 불쑥 받기가 미안할 정도다. 그것도 만난 지 불과 몇 시간도 지나지 않았는데 아들같이 젊은 친구에게 담배를 받는다는 게 조금은 망설여졌지만 한 푼이라도 아껴야 하는 여행길인데다 담배의 가치(?)가 워낙 크다 보니 감동과 감사의 마음을 동시에 느끼며 받았다. 한 방에 여덟 명이나 자는 침실인데 그렇게 나를 챙겨주니 여간 고맙지 않은 일이었다.

그 친구와 이런 저런 대화를 나누었다. 우진이는 군대를 제대하고 복학했는데 6개월간 교환학생으로 스페인을 가는 도중에 파리에 들렀다고 했다. 서반아어를 전공하는 명문대생인 우진이는 어렸을 때는 '똘똘이' 라는 소리 좀 들었을 것 같아 보이는 귀엽고 총명한 인상을 지닌 친구였다. 성격도 시원스럽고 예의도 바르고 나무랄데없는 그 친구를 보면서 '참 바르게 컸다' 는 생각이 들었다.

그날 저녁 민박집에 머물고 있던 여행객들과 총각주인이 함께 모여 와인 파티를 벌였다. 유럽에서 와인을 마시는 것은 한국에서 맥주를 마시는 것과 별 다를 게 없을 만큼 저렴하면서도 대중적인 술이다 보니 술 좋아하는 한국 사람들이야 이보다 더 좋을 수가 없다. 젊든 나이가 들었든 간에 이국땅에서 만났으니 술 파티는 어쩌면 당연한 일이다. 십시일반 돈을 모금하길래 나이도 있고 해서 5유로 정도를 줬는데 나중에 돈이 남았다면서 나에게 다시 2유로인가를 돌려준 사람도 우진이였다.

간호사 출신 직장인, 대학 재학생, 유럽어학연수중인 학생, 졸업을 앞두고 여학생, 출장 온 직장인, 나 같은 방랑자 등등 나이도 직업도 서로 다른 사람들이 같은 여행자인데다 한국사람이라는 공통분모를 안고 즐겁게 술을 마셨다. 술자리에서 오가는 대화 도중 개성이 강하면서도 귀여운 여학생과 우진이가 깜짝(?) 대화를 나누었다.

"너 그 친구 알아? 그래 우리 동아리……."

"네. 그 오빠 잘 아는데……."

"어 그러면 그때……. 바로 너였어?"

두 사람은 같은 학교 학생인데다 동아리 친구를 통해 서로 알고 있던 사이였던 것이다. 대화도 즐겁게 잘 나누는 우진이는 여학생들에게 인기도 좋은 그런 친구인 듯싶었다. 이런 만남 또한 여행의 매력이 아닐까 싶다.

우진이는 이틀 밤을 자고 다른 곳으로 떠났다. 그 친구 메일주소를 받아 여행수첩에 적어놓았는데, 아직도 수첩을 보면 남아 있을 것 같다. 스페인 여행 중 다양한 사진을 촬영하게 되면 훗날 여행서 낼 때 사진 협찬을 좀 해달라고 부탁을 했다. 스페인 여행 중 촬영한 다양한 사진들이 소매치기 좀도둑 때문에 몽땅 분실했던 터였다.

여행 후 꼭 연락해서 받을 작정이었는데 지금까지 연락을 못했다. 메일로 연락을 해서 시내에서 소주 한잔 사겠다고 해야 했었는데, 시간은 벌써 3년이 흘렀다. 스페인 사진 때문이 아니라 그가 건네 준 담배 한 갑과 그에게서 풍기는 순수하고도 인간적인 매력을 나는 아직도 잊지 못한다. 지금은 교환학생 연수를 끝내고 서울에 와 있지 않을까 싶다.

"우진이 청년! 내가 삼겹살에 소주 한잔 쏠 테니 이 책을 보게 되면 연락주길 바래."

파리 **짝꿍민박 찾아가는 길**

호텔보다 깨끗함, 편안함을 추구하는 고급 민박인 파리짝꿍민박은 관광하기 좋은 위치에 자리해 있고, 저렴한 숙박료는 물론이고, 아침 저녁을 한식으로 푸짐하게 제공해 준다.

연락처(한국에서) : **(33) 1-4648-0599**(한국사무실)
연락처(파리에서) : **01-4648-0599**
www.parisjjakkung.com

CDG 샤를 드골 공항에서 가는 방법
- 공항에 내리면 RER이라 적혀 있는 이정표가 있다. 파리로 들어오는 교외 고속 전철이다. 그것을 타고 Gare du Nord 역에서 내려서 4호선으로 환승하고 Montparnasse Bienvenue 역에서 다시 한 번 12호선(mairie d'Issy)으로 갈아 타고 종점인 mairie d'Issy 역에서 내린다.

Orly 공항에서 가는 방법
- 이곳에서 RER을 타고 Denfert Rochereau 역에서 6호선으로 환승한 후 다시 Pasteur 역까지 와서 12호선으로 갈아타고 종점인 mairie d'Issy 역에서 내린다.

보배 공항에서 가는 방법
- 파리로 들어오는 공항 버스를 타고 Porte Maillot까지 와서 1호선 전철을 타고 Concorde 역에서 12호선으로 환승하고 종점인 mairie d'Issy 역에서 내린다.

Gare Montparnasse 역에서 가는 방법
- 이곳에서 12호선을 타고 종점인 mairie d'Issy 역에서 내린다.

유로라인에서 가는 방법
- 유로라인은 3호선 종점인 Gallieni 역에서 내린다.
그곳에서 3호선을 타고 Saint-Lazare 역에서 12호선으로 환승해서 종점인 mairie d'Issy 역에서 내린다.

탁심에 가면 꼬마기차 기관사가 있다

탁심은 이스탄불의 명동이나 다름없는 번화가다. 탁심 광장에서 갈라타 타워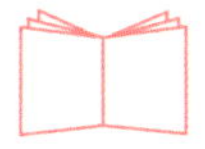까지 이어지는 이스티클랄 거리는 그 길이가 자그마치 3km에 달한다. 유럽풍 건물들이 눈에 띄는 이 거리는 이스탄불을 찾은 관광객이라면 한 번쯤은 반드시 찾아가는 곳. 거리 양 옆으로 서점, 극장, 미술관, 영화관, 명품숍, 선물용품점, 식당 등 다양한 점포들이 늘어서 있으며, 그리스정교회 교회와 여러 개의 유대교회당, 학교, 대사관, 영사관 등도 자리해 있다. 하루 유동인구만도 3백만 명에 달할 만큼 수많은 사람들로 북적이다 보니 같이 걷던 일행 중 누군가 한 눈 팔다 몇 발짝 뒤처지는 날엔 이산가족(?) 되기 십상인 곳이다.

이곳 저곳을 기웃거리면서 한참 동안을 걸어가도 거리는 좀처럼 끝이 보이지 않는다. 걷기 싫어하는 여행자라면 도중에 발걸음을 돌리지 않을 수 없을 것이다. 설령 뒤돌아간다 할지라도 이삼십 분 동안 걸어온 그 길을 다시 걸어가야 하니 적당히 고민스럽거나 짜증이 날 수도 있지만 동전만 있으면 걱정할 필요가 없다. 이곳 거리에는 이미 오래 전부터 명물이 되어버린 꼬마기차가 있다.

이스티클랄 거리를 오가는 이 빨간 꼬마기차는 길이가 버스 한 대 크기 밖에 안 된다. 속도는 자전거를 타고 천천히 달리는 정도로 교통사고가 일어날 일은 전혀 없다. 워낙 작고 넓이가 좁은 이 기차는 빨간색인데다 내부가 온통 나무로 만들어져 있어 더욱 인상적이다.

2주 동안 터키 여행을 하는 동안 이스탄불을 중심축으로 정하고 움직였기에 자그마치 9일 밤을 이스탄불에서 보냈다. 그러다 보니 탁심을 찾은 것만도 네 번이나 된다. 하루는 전통 터키사우나로 시설이 좋은 '하맘' 을 찾아가느라, 두 번째는 이런저런 구경을 하러, 세 번째는 저녁에 맥주 생각이 나서 갔다. 그리고 마지막 네 번째는 선물을 사러 갔다. 워낙 걷기 좋아하는 워킹 마니아이다 보니 그 거리를 찾아갈 때마다 열심히 걸어다녔다. 하지만 낮 시간에 열심히 다른 관광지를 찾아다녔기에 저녁이 되면 다리와 발바닥이 아프기 마련이다. 때문에 이 거리를 들어갈 때는 걸어서 가고, 빠져나올 때는 꼬마기차를 이용했다.

보기만 해도 앙증맞게 생긴 이 꼬마기차를 네 번이나 이용하면서 인상적인 만남도 생겼다. 꼬마기차에서 만난 사람이 있으니 바로 기관사 Y다. 기관사라고 해야 뭐 대단한 일을 하는 것은 아니다. 요금을 받고 간단한 작동으로 기차를 움직이고 멈추는 정도의 역할이다. 단 앉아서 운전하는 게 아니라 운행 중 서서 있어야 한다. 교대로 일하는 기관사가 세 명인데, Y는 그중 한 사람이다. 터키인들 사이에서 동양인 아저씨인 내 모습이 눈에 띈 것일까?

기차를 두 번째 탈 때 Y는 반갑게 맞이해 주었다. 간단한 영어로 인사를 하면서 웃어 주는 게 아닌가? 키가 1미터 90센티미터 정도는 되는데다 눈썹은 아주 짙고 턱수염과 구레나룻 또한 수북하니 제법 영화배우 수준의 미남이다. 검은 털모자를 쓰고 수염이 많아서 웃지 않으면 적잖게 무서운 인상이 될 수도 있지만 Y는 웃는 얼굴로 먼저 말을 건넸다.

"일본인, 아니면 중국인?"

"아니 한국인."

"관광중?"

"일도 하고 관광도 하고."

"몇 살?"

"마흔넷."

"나는 마흔하나."

"어, 그럼 내가 형이네."

우리에게 문법이란 필요 없다. 영어 단어 한두 마디 던지면 서로 알아듣고 답했다. Y는 그마저도 알아듣지 못하거나 마땅한 단어가 생각나지 않으면 그냥 씩 웃는다. "굿 바이, 씨유 어게인" 하고 손을 흔들고 헤어졌다. 우리 두 사람은 인연인 걸까. 어떤 날은 점심 무렵 어느 날은 밤에 기차를 탔는데도 늘 만났다. 교대근무를 하기 때문에 그를 만날 확률은 25% 아니면 30% 정도인데 참으로 신기한 일이었다.

세 번째 만난 날은 아예 주변사람 눈치도 보지도 않고 우리 두 사람은 열심히 떠들었다.

"어디 갔다왔어."

"응, 에디르네, 카파도키야, 사플란블루, 앙카라……."

"기차 타고?"

"아니 심야버스 타고."

"한국에는 언제 가?"

"3일 남았어."

"터키 좋아?"

"응. 베리 굿."

Y는 누구에게나 늘 그런지 모르겠지만 나를 만날 때마다 그는 밝은 미소를 지었다. 그리고 세상 고민 하나도 없는 사람처럼 시종일관 웃으면서 가볍게 즐기듯 말을 건넸다. 귀국하기 전날 선물을 사러 가서 네 번째 만나던 날 주머니에서 동전을 찾는데 Y가 하는 말이 내지 말라고 했다. 어느새 친해졌다고 요금을 받지 않겠다는 것이다. 그날 Y가 근무 시간이 아니었다면 나는 맥주 한 잔 하자고 했을 것이다. 만날 때마다 불과 십분도 채 안 되는 시간 동안 우리는 별의 별 얘기를 수다떨듯이 나누곤 했다. 결혼, 가족, 관광지, 음식 등등에 대해. 연애를 하는 청춘남녀도 아닌데 그와

의 짧은 만남은 늘 긴 여운과 함께 아쉬움을 남겼다.

마지막 보던 날 기차에서 내리면서 작별인사를 했다. 한국에 꼭 놀러오면 좋겠다고 했더니 자신도 놀러오고 싶지만 결코 쉽지 않을 것이란다. 기차 안에서 한참 동안 손을 흔들며 나를 바라다보던 오래된 친구 같은 꼬마기차 기관사 Y. 단 네 번 만나 간단한 대화를 즐겼을 뿐 내가 Y에 대해서 깊이 있게 아는 것은 없다. 그 또한 나에 대해 마찬가지일 것이다. 하지만 우리는 오래된 친구처럼 서로에게 마음의 문을 활짝 열고 만날 때마다 즐거운 대화를 나누었고 그것만으로도 소중한 추억을 남기게 됐다.

이스탄불이 생각날 때마다 'Y는 아직도 꼬마기차를 운전하고 있을까?' 라는 궁금증과 함께 빨간 꼬마기차만 보면 그의 얼굴을 떠올리지 않을 수가 없다. 탁심에 가면 그를 다시 만날 것 같은 좋은 예감이 든다. 하지만 안타깝게도 4년 후 다시 터키를 찾았을 때 그를 보기 위해서 꼬마기차를 탔지만 그를 만날 수는 없었다.

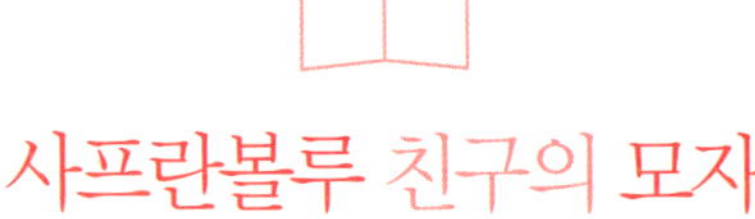

사프란볼루 친구의 모자

마음 편히 발길 닿는 대로 걷고 보고 느끼는 느린 여행! 여유 속에 평화로움이 짙게 물든 전원 속의 여행을 하고 싶다면 터키의 사프란볼루Safranbolu가 제격이다. 실크로드를 통한 동서무역이 활발하던 시절 상인들의 경유지로 번성했던 곳인 이 도시는 도시라고 하기보다는 우리의 읍 소재지 같은 조금 큰 마을 같다. 도시 냄새보다는 5~6백 년 전의 역사 속으로 되돌아간 듯한 그런 냄새가 물씬 풍겨난다. 도시 전체가 유네스코 세계문화유산으로 지정되었다는 것을 굳이 강조하지 않더라도 현대인들로부터 매력을 한껏 느끼게 하는 슬로우시티 같은 곳이다. '시간이 멈춘 동화 속 마을이 따로 없다'던 누군가의 찬사가 제법 잘 맞아떨어진다.

도시는 계곡을 끼고 구릉 위에 형성되어 있다. 흰색 벽이 눈에 띄는 오스만투르크 시대 목조 건축물 1000여 채가 곳곳에 흩어져 있고 도로는 적당히 굴곡을 그리면서 이어진다. 고원에 위치한 마을이지만 손에 잡힐 듯 크고 작은 언덕과 계곡이 나타난다. 정처

없이 길을 걸으며 방황을 해도 길을 잃어버려 헤매일 걱정은 하지 않아도 좋다. 차가 많고 복잡해서 당황해 할 일도 없는데다 작은 대지 위의 길들은 서로 또 같이 통한다. 인정 많고 한가로운 시골 마을 분위기가 따로없다.

앙카라에서 버스를 타고 마치 강원도 같은 산길을 달려가서 만난 12월 오후의 사프란볼루는 나무 잎사귀와 풀이 보이지 않는 겨울임에도 불구하고 마치 한 폭의 수채화를 보는 듯했다. 재래시장도 둘러보고 작은 쇼핑센터도 기웃거려 보고 골목길을 걷다가 되돌아오고 목적 없이 무작정 길을 나선 나그네가 된다. 지도 따위는 필요도 없다. 조금 걷다가 식당에 들어가 기름기 많은 피자를 사 먹고 이발소에 들어가 머리도 자른다. 아주 오래된 유명한 하맘(터키 전통 목욕탕)이 있다고 해서 찾아갔는데 하필이면 가는 날이 장날이다. 휴일이란다.

차라리 하룻밤 묵어 갈 것을 하는 아쉬움은 있었지만 이미 고속버스 티켓을 예매했으니 방법이 없다. 밤 열두 시 반 이스탄불로 가는 고속버스를 타야 했다. 해는 여섯 시도 안 되어 사라지고 어둠이 마을 위로 가라앉는다. 무엇을 해야 할지 어디로 가야 할지 고민이다.

커피를 한 잔 마시면서 한 시간 정도의 시간을 죽이다 결국에는 펍으로 들어갔다. 처음에는 노인들이 많았으나 시간이 흐르면서 노인들은 하나둘씩 자리를 뜨고 젊은층, 중년층으로 손님이 바뀐다. 술집이 드문데다 시골동네이다 보니 손님들은 서너 명씩 혹은 예닐곱씩 들어온다. 한국에서처럼 정장을 차려입은 샐러리맨들은 어쩌다 한두 명, 대부분 청바지에 점퍼 차림이다. 편해 보일 수도 있지만 오히려 그 반대일 수도 있다. 키는 크고 체격도 있는데다 수염을 기른 이들이 대부분이니 적잖게 경계심마저 느껴진다.

내 옆 테이블에도 다섯 명의 30, 40대 젊은 남자들이 자리를 차지한다. 하지만 다른 곳에서도 그랬듯이 터키 사람들은 순수하다. 패거리가 되어 이방인을 주눅들게 하거나 위협하는 일은 없다. 오히려 눈이 마주치자 말을 걸어온다. 어디에서 왔는지, 누구하고 왔는지, 왜 왔는지 묻는다. 맥주잔을 부딪치며 '치어스'를 하다 보면 그저 편한 친구일 뿐이다. 그 일행들은 나에게도 맥주를 시켜준다. 엔지니어들이라고 했다. 하나같이 사프란볼루가 고향은 아니며, 외지에서 일을 위해 왔다고 했다. 공장이 없는 지역인 것을 감안하면 아마도 시 외곽에 있는 공단의 근로자들인 듯 싶다.

처음에는 이 사람 저 사람 한 마디씩 묻더니 그중에서도 영어 대화가 좀 잘 통하는 42세의 T는 나와의 대화를 주도적으로 이끌어갔다. 그는 정이 많은 친구였다. 결혼은 했는지 아이는 몇인지 묻는다. 터키 어디 어디를 여행했는지, 직업은 무엇인지, 사프란 볼루 이곳저곳을 다 돌아다녔는지에 대해서도 확인이 아닌 관심 어린 질문을 던진다. 그 역시 결혼을 하여 자녀가 두 명이라고 했다. 고향을 떠나와서 생활하는데 친구들이 있어서 덜 외롭단다. 한국은 형제국가이니 자세히는 몰라도 많이 좋아한단다. 그리고 2002년 한일 월드컵을 기억하고 있었다.

한참 동안 이런 저런 수다를 떨던 T가 갑자기 내가 쓰고 있던 검은 모자가 멋있다고 했다. 곧장 벗어 만져보라고 건네주면서 'made in korea'라고 소개하자 'good'이란다. 사실 길거리에서 5천 원 주고 구입한 싸구려인데 좋다고 하니 다행이다. 그때 T는 마찬가지로 짙은 회색 계통의 모자를 착용하고 있었는데 갑자기 모자를 벗더니 서로 교환하자고 제의했다.

회색 벙거지는 처음 써보는 거라서 당황스러웠지만 상대가 눈치 채기 전에 나는 'OK' 했다. 별것도 아닌 검은 모자가 그렇게 좋을 리가 없다. 사실 따지고 보면 T가 벗어준 모자가 질적으로는 한 수 위인 것 같았다. 그는 추억으로 남기고자 했던 것이다.

여행 중 누군가와 이런 식으로 소지품을 정표로 교환하는 일은 처음이었다. 게다가 더욱 인상적인 것은 그들은 자신들이 마시는 맥주는 각각 계산하면서도 한 사람씩 돌아가면서 나에게 맥주를 사 주는 게 아닌가. 3유로씩이나 하는 맥주를 사 주는 것은 한 끼 식사를 대접해 주는 것 못지 않은 일로 넉넉한 마음씨가 없으면 불가능하다. 정말 따뜻한 가슴이 없다면 어려운 일이다. 그 일행들로부터 맥주를 세 잔이나 공짜로 얻어먹은 나는 열한 시 반쯤 되어 자리에서 일어났다. 버스를 타야 하니 아쉬운 작별을 할 수밖에. 한 사람씩 일어나 포옹으로 인사를 대신한다.

처음 만난 이방인에게 맥주잔을 건네며 정겹게 다가왔던 T와 그 일행들. 그 무렵 나는 덩치는 크지만 의외로 부드럽고 마음 여리며 착한 터키사람들에게 서서히 취해들고 있었다. T에게 전화번호와 주소를 적어주긴 했지만 그가 한국에 놀러 온다는 구체적인 약속은 없었으니 기다리지는 않았다. T가 준 회색모자는 가끔씩 쓰기도 하면서 늘 소중하게 간직하고 있다. 그 모자는 나에게 있어서 터키이자 사프란볼루이고 친구 같은 T이자 그 일행들이다. 터키에 다시 가서 며칠간 여유로운 시간을 갖고 머물고 싶은 도시를 꼽으라면 나는 '사프란볼루'라고 말할 것이다. T가 있다면 더욱 좋은 일이겠지만 아마도 다시 가게 되면 또 다른 T같은 친구들이 있지 않을까?

심야고속버스를 이용하면 좋은 슬로우시티

사프란볼루Safranbolu는 이스탄불에서 고속버스로 여섯 시간 정도 걸린다. 이곳은 염색재 및 약재, 향신료 등으로 쓰였던 사프란 꽃이 많았던 곳으로, 도시의 이름 또한 꽃 이름에서 가져왔다. 이 도시에는 보존 상태가 아주 좋은 전통 건축물이 2000여 채에 달하며, 이중 1131채가 보호 대상이니 그야말로 마을 자체가 문화유산이다. 오스만투르크 시대에 건축된 것들로 오래된 것은 14세기 초에 지어진 것도 있을 정도다. 전통 가옥들은 대부분이 2, 3층 건물로, 나무로 되어 있다. 벽은 온통 흰색이고, 창문이 작고 많은 게 특징. 또 가옥 내부는 남녀의 공간이 엄격하게 구분되어 있다. 이색적인 것은 남자들이 여성들의 공간을 볼 수 없도록 설계되어 있다는 점이다. 카이마카믈라Kaymakamlar 저택, 뭄타즐라Mumtazlar 저택 등은 관광객들에게 공개되고 있다. 이 외에도 올드Old 모스크, 터키식 목욕탕, 슐레이만 파샤Suleyman Pasha, 이슬람 학교 등도 관광객들이 즐겨 찾는 곳이다. 400여 년 전에 지어진 쾨프륄뤼 메흐메트 파샤Koprulu Mehmet Pasha 모스크는 사프란볼루에서 가장 큰 이슬람 사원으로 걸작이다.

그해 여름! '술이여, 여인이여'

"노래 잘 하시네요."

"별말씀을요. 키가 잘 안 맞는데요."

"여기 사세요?"

"예. 한 십 년 넘었어요. 출장 왔나요?"

"네. 일하러 왔습니다."

"술 한 잔 하실래요?"

처음 만난 40대의 남녀가 한국인이라는 이유 하나로 이국땅에서 서로에게 술을 권하는 밤은 보는 이에 따라 다르겠지만 당사자인 나에게는 아름다운 추억이자 잊지 못할 인연을 만드는 밤이었다. 자칫하면 요즘 젊은 친구들 말로 '원 나잇 스탠딩'(?)으로 오해받기 십상이겠다. 목적이 거기에 있다면 불륜이자 유부남의 외도 그 자체다. 그건 결코 아니다.

동경의 여름은 후덥지근하다 못해 셔츠가 옷에 달라붙을 정도로 몸이 끈적끈적이고 적잖게 불쾌한 정도다. 차라리 강하게 내리쬐는 햇살이라면 땀을 줄줄 흘리고 말 일이다. 하지만 동경의 여름은 다르다. 습도가 너무 높아서 하루 세 번씩 티셔츠를 갈아입어도 해결되지 않는다. 낮 시간 동안 그렇게 짜증스러움을 참고 이곳저곳 찾아다니며 메모하고 사진 촬영하고 나면 온몸에 힘이 빠진다. 피곤에 지쳤으니 잠이 올 법도 한데 무슨 귀신이 씌었는지 밤이 되면 몸은 의외로 가벼워진다. 가라오케에서 노래 두어 곡 부르고 맥주 몇 잔 마시는 그 즐거움 때문이다.

10여 회 넘게 동경을 다녀왔지만 습도 높은 여름의 짜증스러운 기후 조건은 10년 전이나 지금이나 매한가지다. 2010년 7월 동경 현장 르포 취재차 갔을 때도 만찬가지였다. 그러니 유일한 즐거움인 생맥주 마시며 노래 한 곡 뽑아대는 가라오케를 찾지 않을 수가 없었다. 가라오케라고 해서 그리 화려하거나 대형 술집이 아니다. 소박한 선술집 분위기 그 자체다. 다만 노래방 기기가 있어 술을 마시면서 앉아서 노래를 부를 수 있다는 것이 조금은 색다를 뿐이다. 손님층도 남녀노소 크게 구분되지 않는다. 손님 10여 명만 넘어도 타원형 테이블은 꽉 차 보인다. 한국인들이 워낙 많이 찾아가는 지역의 가라오케이다 보니 웬만한 한국가요 반주는 다 있을 정도다.

워낙 낯을 가리지 않는 스타일인 나에게는 일본 땅이라고 해서 별 다를 게 없다. 술 두어 잔 들어가면 마이크를 잡게 된다. 7080 노래를 불렀더니 그야말로 박수가 대박이다. 그때까지만 해도 옆에 앉아 있던 두 사람 중 여성이 한국인이라는 것을 나는 전혀 눈치채지 못했다. 그들은 일본말을 했고 그녀의 모습에서 느껴지는 분위기 또한 그랬다.

노래가 끝나고 손님들의 박수소리가 이어지자 그녀가 먼저 말을 걸어 왔다. 그리고 주스나 물에 타 마시는 소주를 내게 한잔 건넸다. 잔술로 치면 우리 돈으로 2만 원 논이다. 그러니 술 한 잔 주고받는다는 것도 꽤 부담스러운 일인 만큼 그녀의 호의에 감사하면서도 한편으로는 신세지는 듯한 느낌을 지울 수가 없었다. 주량이 그리 가볍지 않다 보니 일본에서는 양주 취급하는 소주를 마실 수 없어 늘 배를 채우는 맥주를 마셔야 했다. 이런 상황에서 소주 한잔을 받으니 목구멍과 뱃속에서는 대환영이다.

단 5분도 안 걸려 잔을 비우고 나자 그녀는 또 한 잔 건넨다. 내가 미안한 기색을 보이자 재미있는 말로 안심을 시킨다.

"노래 요청하려고 드린 거예요. 저도 같은 세대이다 보니 예전에 대학가요제 풍의 노래를 무척 좋아해요. 제가 좋아하는 노래 한 곡만 더 불러주시죠. 있잖아요 '별이여 사랑이여' 라는 노래. 그거 너무 좋아요. 박 선생님 목소리하고 잘 어울릴 것 같은데……."

기분 나쁘지 않다. 다만 '박 선생님' 이라는 말이 조금 생소하게 들린다. 아직도 청춘이라고 생각했는데 어느새 40대 후반을 향해 달리고 있음을 실감하게 한다.

"아이구 칭찬이 과하십니다. 잘 하지는 못해도 좋아하신다면 해보겠습니다."

이렇게 해서 그녀와의 짧은 만남은 시작되었다. 그녀는 나보다도 나이가 두 살 많았지만 오히려 서너 살 아래 여동생처럼 젊어 보였다. 술 한 잔 들어가면 인생 얘기가 오가는 것은 당연한 일. 그녀는 남매를 낳고 살다가 이혼을 한 후 일본으로 시집 온 언니를 따라서 일본에 온 지 10여 년이 넘었다고 했다. 언니 식당에서 요리를 배워 5년 전에는 한국 식당을 직접 개업했는데 장사가 제법 잘 되는가 싶더니 피치 못할 문제가 생겨 1년 전 문을 닫았다고 했다. 한국으로 다시 돌아가서 노모와 함께 살고 싶은 생각도 있지만 막상 빈 손으로 돌아가기가 싫다는 거였다.

4박 5일 짧은 일정으로 간 출장이니 아쉽긴 하지만 이튿날 일을 위해 자정이 가까워올 무렵 나는 숙소로 돌아갔다. 이틀 후 떠난다고 하자 그녀는 다음날 저녁에도 시간이 나면 한 번 더 만나길 원하는 눈치였다. 이성간의 목적을 위해서가 아니라 나란 사람이 같은 한국인인데다 마음 터놓고 말하기 좋은 친구 같은 사람으로 가슴에 와닿는다고 했나. 숙소로 돌아가는 길 내내 그녀의 지나온 삶이 안쓰럽게만 느껴졌다. 이제 고등학생이 대학생이 된 아이들도 보고 싶을 테고 노모도 마음에 걸릴 텐데……

이튿날도 시내 여기저기를 열심히 찾아다녔다. 가방에 셔츠와 속옷까지 챙겨 넣고 다니면서 땀이 배어 끈적거린다 싶으면 화장실에서 갈아입고 냉방 잘되는 곳에서 아이쇼핑하면서 몸을 식힌 후 다시 일에 몰두하는 그런 식으로.

저녁이 되어 다시 그녀를 같은 장소에서 만났다. 우리는 80년대 고등학교 대학시절 추억을 얘기하다가 중년의 고달픈 인생에 대해서도 넋두리를 늘어놓았다. 주제넘게도 나는 그녀에게 더 나이 들기 전에 한국으로 돌아가는 게 좋겠다는 생각을 전하기도 했다.

이튿날 아침 나리타공항으로 가기 위해 서둘러서 우에노역으로 갔다. 그런데 이 어찌된 일인가? 그 큰 우에노역에서 그녀는 나를 발견하고 달려왔다. 나를 배웅해 주기 위해 기다렸단다. 그리고 마음의 선물이니 받아달라면서 작은 상자 하나를 건넸다. 나는 준비한 것이 없는 상황이니 고마움과 미안함이 겹쳐지면서 순간 얼굴이 후끈 달아올랐다. 나는 한국에 오면 꼭 연락을 달라면서 그녀에게 명함을 건넸다. 돌아오는 전철 안에서 비행기 안에서 그녀에 대한 생각이 시시각각 떠올랐다.

40대 후반의 중년이라는 나이. 20대라면 조금은 부담되는 만남이고 쉽게 할 수 없는 개인적인 이야기들을 중년의 나이에는 한결 쉽게 나눌 수 있게 된다는 것, 그것은 어떤 연유에서일까? 세상을 살다 보니 적당히 낯이 두꺼워진 걸까? 아니면 삶에 대해 넓은 시간, 아니 타인의 입장과 사정을 이해할 수 있는 그릇이 커진 걸까?

아직까지 그녀로부터 전화를 받진 못했다. 설령 다시 만날 기회가 없다하더라도 이국땅에서든 한국에서든 그녀에게 과거의 굴곡진 인생보다는 고속도로같이 신나게 달릴 수 있는 멋진 날들이 찾아왔으면 좋겠다.

우찌야! 기노우찌! 별일 없지요?

"앗! 이건 아닌데."

"이건 영화야. 어찌 현실이라고 볼 수 있어."

며칠 동안 인터넷에서 수 십 번도 더 클릭했다. 대자연의 분노 앞에서 인간의 힘이란 얼마나 약한 것인지 실감하는 일이었다. 정말이지 가슴 아픈 일이다. 그 충격스러운 장면들이 차라리 영화였으면 싶다. 수많은 사람들의 목숨을 앗아간 일본의 대지진과 쓰나미!

그 시간 머릿속을 스쳐 지나가는 두 사람의 얼굴이 있다. 17년 전 일본 출장 중 만난 기노우찌와 몇 년 전부터 우연히 친분관계를 쌓게 된 우찌야다. 기노우찌는 내가 다니던 회사와 편집디자인 협력관계를 맺고 있던 일본 대형 출판 잡지사의 상무였다. 일본 출장 중 사장이 꼭 만나보라고 한 사람이었다. 당시 우리 회사는 일본 회사의 일러스트 컷과 편집디자인을 사용하는 대가로 연간 일정금액의 로열티를 지급하고 있었는데, 기노우찌는 그 회사의 상무로서 우리와의 업무 계약과 협력관계를 담당하고 있었다. 내가 만나서 특별히 계약이나 협조를 구할 일은 없었다. 다만 사장이 보내는 선물을 전달하고 인사를 하는 정도였다.

신주쿠의 특급호텔 로비에서 만난 기노우찌는 아주 편안한 한국 아저씨 같은 분위기의 중년이었고 그는 샐러리맨이나 비즈니스맨이기보다는 문학애호가에 가까웠다. 당시 국내에는 아무리 고급호텔이라 할지라도 종업원이 무릎을 꿇고 주문을 받는 서비스를 행하는 곳은 없었다. 하지만 동경의 P호텔은 특급호텔답게 서비스가 각별했다. 우리 일행을 위해 그가 특별히 마련한 자리였다. 로비의 한쪽 무대에서는 젊은 여성 바이올리니스트가 바이올린을 연주했고, 기노우찌와 나는 로비에 있는 바에서 칵테일을 주문해 마시면서 즐거운 대화를 나누었다. 그는 한국의 문인들에 대해 관심이 많았다. 박경리, 고은 같은 문학대가들에 대해서 아는 것도 많았고, 한국 현대문학사를 속속들이 읽고 있는 수준이었다. 회사 애기는 안부 정도로 끝내고 두어 시간 넘게 그는 한국 문화 작품과 작가들에 대해 질문을 하고 자기 생각을 말하곤 했다. 나로서는 정말 편안하고 즐거운 만남이었고 잊지 못할 추억으로 남은 시간이었다. 시어머니처럼 눈치를 주는 여직원이 동행하지 않았다면 아마도 기노우찌와 나는 그날 밤 자리를 옮겨서 더 늦도록 대화를 나누었을 것이다. 그후 그가 우리 회사를 방문했을 때 또 한번 점심식사를 같이할 시간을 갖긴 했지만 사장, 부장, 차장 등 윗사람들이 동석하고 있었으니 동경의 그날 밤처럼 특별하진 못했다.

출장을 다녀와 1년 후 나는 회사를 그만두었고 그를 지금까지도 만나지 못했다. 열 살이 넘게 나이 차이가 났지만 기노우찌는 아주 편안한 문학 친구였다. 게다가 직원 수가 천 명이 넘는 대기업의 상무이면서도 그는 아주 검소했고 겸손했다. 동경에서 한 시간 정도 떨어진 곳에 거주하면서도 그는 출퇴근 시 전철을 이용했고 언행은 소탈함 그 자체였다. 일본에 갈 때마다 나는 그를 떠올렸다. 혹시 기노꾸니아 서점에서 그를 만나게 된다면……, 하는 식의 상상도 했다.

또 한 사람이 있다. 우찌야! 그는 우연히 알게 된, 이를 테면 한국으로 치면 술자리에서 우연히 만나 친해진 형 같은 사람이다. 2008년 어느날 인사동의 한 주점에서 우찌야를 만났다. 한국인보다 한국 역사에 대해 더 해박한 지식을 갖고 있고, 한국말도 아주 편하게 잘하는 그는 한국을 무척이나 좋아하고 사랑하는 사람이다. 항공사 직원이었기에 1년 진 퇴직 전까지는 거의 두 달에 한 번 꼴로 서울을 찾았다. 함께 서울의 소문난 음식점을 찾아다니고 몇 차례에 걸쳐 술을 마시며 인정을 나누곤 했다. 한국과 일본의 역사나 문화, 그리고 사람들에 대해 많은 대화를 나누었고, 열두 살이라는 나이 차이에도 불구하고 우리는 친구 또는 형 동생처럼 편안한 만남을 가졌다. 동해안 여행시에는 한국 해산물에 대해 나보다도 더 많은 정보를 알고 있어 나로서는 어처구니 없은 실수를 하기도 했다.

그가 퇴직을 하고 난 후로는 자주 볼 수가 없었다. 2년 전 가을 서울에서 잠시 얼굴을 보았을 뿐이다. 2010년 7월 도쿄 출장 시 만나보고자 했지만 사전에 연락을 취하지 않고 갔기에 그를 만날 수 없었다. 마치 국내에서 지방으로 출장 가서 친구를 만나려고 했던 것처럼 너무 쉽게, 그리고 내 입장만 생각했던 것이다. 그때 그는 규슈 지방을 여행 중이었다. 정년퇴직을 하고 난 후로 일본 곳곳을 여행한다고 했다. 승무원 출신이기에 해외 각국을 돌아다녔지만 정작 일본 내에서의 여행은 많이 하지 않았던 것이 아닌가 싶다.

사람과 사람이 만나 서로 대화가 통하고 정을 느끼게 되면 국적이나 종교, 나이 같은 것은 아무런 의미가 없다. 그저 서로에게 편하고 부담 없으며 정이 느껴지는 사람일 뿐이다. 문학친구 같았던 기노우찌, 친형만큼이나 편했던 우찌야. 이번 지진과 쓰나미가 그들에게 직접적인 피해를 주지 않았으면 하는 마음이 간절하다.

한국의 전통적인 문화를 좋아하는 기노우찌! 된장찌개와 족발을 좋아하는 우찌야!

열심히 일하고 이제 60대의 나이에 여생을 여유있게 즐기는 그들이다. 국적을 떠나 사람과 사람의 인정과 마음으로 나를 대해준 내 젊은날의 소중한 인연들이다. 정말 건강하고 안녕이길 빌어본다.

허브공항서 만나다

암스테르담 스키폴공항은 허브공항으로 세계에서 몇 손가락 안에 꼽히는 공항이다. 유럽을 갈 때 직항이 아닌 경우 흔히 파리 드골공항이나 스키폴공항 중 한 곳을 경유하는 노선이 많은 편이다. 이 때문에 여러 차례 이 공항을 들러야만 했다. 오래 전에는 직항이 없던 스페인이나 터키도 지금은 직항이 생겨 예전에 비해 몇 시간씩 설약할 수 있지민 최근 5, 6년간 유럽을 서너 차례 방문하면서 나는 직항보다는 경유노선을 택했다. 비용절감 때문이었다. 큰 돈 벌어 배 두들기며 사는 입장이 아닌 프리랜서 글쟁이이니 한 푼이라도 줄이는 방법을 택하는 것은 당연한 일이다.

허브공항들을 경유하여 목적지에 갈 경우 보통 서너 시간 기다렸다가 환승하는 것은 기본이다. 빨라야 두 시간 정도다. 네 시간씩 환승을 위해 기다리다 보면 그야말로 따분함이 극치에 달한다. 커피를 마시고 가격 저렴한 만만한 음식으로 식사를 해도 시간은 넉넉하게 남는다. 공항 내에서 흡연을 할 수가 없으니 여기 저기

기웃거리고 둘러보면서 시간을 보내기가 일쑤다.

2008년 터키를 다녀올 때도 마찬가지였다. 이스탄불에서 스키폴공항으로 이동하여 이곳에서 두 시간 반 정도 기다렸다가 인천으로 오는 네덜란드항공KLM으로 환승해야 했다.

커피나 한 잔 마실 요량으로 카페테리아로 발길을 옮기는데 2미터 전방에 갑자기 나타난 얼굴이 있었다.

"창수야! 이거 어떻게 된 거야."

"형! 독일 전시회 갔다 오는 거요."

"응. 야, 여기서 널 만나냐."

"그러게. 나도 놀랍네요."

"제가 아는 후배입니다. 인사드려. 우리 회장님! 그리고 이분은 상무님."

"안녕하세요."

여행 중 외국 땅에서 아는 사람을 만나기는 처음이었다. 한국인을 만난 적은 여러 번 있지만 가까운 지인을 만난다는 것은 너무도 반가운 일이 아닌가? 여행 출발 두 달 전에 아마 터키를 가게 될지 모른다고 한 적이 있고 영선 형님 역시 회사 제품을 갖고 독일 프랑크푸르트 전시회에 참여하게 될 거라고 말했지만 이미 두 달 전의 대화였다. 우리는 인천으로 돌아오는 같은 항공기 티켓을 들고 있었다. 영선형은 커피 한 잔을 내게 건네주었고, 십여 분 동안 우리는 이런 저런 얘기를 나누었다. 두어 달에 한 번씩은 광화문이나 인사동에서 만나 저녁 먹고 술 한 잔 하면서 서로 사는 얘기 고민거리 늘어놓으면서 가깝게 지내는 사이였다. 사회에서 만난 형 동생 관계이지만 6년 전에 만났으니 꽤 막역한 사이다.

잠시 동안이었지만 영선 형과의 극적인 만남으로 인해 스키폴 공항에서의 예상했던 지루함과 방황(?)은 일순간 사라졌다. 좌석은 이미 배정받은 터라 기내에서 옆 자리에 앉아 대화를 나눌 수는 없었다. 더욱이 회사의 회장님이 옆에 있으니 영선형으로서는 적당히 조심을 해야 될 상황이었다.

우리는 사는 지역도 비슷한 터라 공항에서 내리자마자 같은 리무진 버스를 타고 수유역까지 왔다. 버스에서 내리자마자 그립던 소주 파티에 들어갔다. 애주가인 내가 2주 동안 냄새도 못 맡고 지내던 소주를 만났으니 이건 물 만난 고기 아닌가? 게다가 술을 좋아하기로는 영선 형도 마찬가지이니 더 이상 말이 필요 없었다.

나는 2주 동안 터키 여행에서 있었던 에피소드를 늘어놓았고 영선 형은 푸랑크푸르트 전시회에서 있었던 일들을 말했다.

술이 한잔 들어가니 장난기 많은 영선 형의 입이 가만히 있을 리가 없다.

"아이구 지겨운 놈. 아니 어떻게 유럽 허브공항에서 또 만나니? 넌 내가 그렇게 좋냐? 아주 날 따라다니는 것은 귀신 같아요."

"사돈 남 말 하십니다. 서울도 아니고 암스테르담서 나라고 형 만나고 싶겠소. 하여튼 이건 악연인지 필연인지 모르겠네."

"야— 야 이 띵돌아. 그래도 이 형을 만났으니 이렇게 술 한 잔 하잖니? 너 공항서 만났을 때 정말 불쌍해 보였어. 거의 미아 수준이던데. 그래도 이 형님을 만났으니 천만다행인 거야.”

“허구한 날 형 만난 거 행운이라고 말하지. 형이야말로 나를 만난 건 행운이지. 독거노인을 누가 챙겨주겠냐고. 누가 술 한 잔 같이 하겠냐구요?”

스키폴공항과 기내에서 다른 일행들 때문에 참고 참았던 얘기들을 우리는 소주 세 병 속에 풀어 놓았다. 가끔씩 외국여행 얘기가 나오면 우리는 또 그때의 추억을 끄집어낸다. 그야말로 ‘아! 잊지 못할 스키폴공항이여’ 그 자체다.

추억이 있다는 것, 그것도 흔치 않은 외국 공항에서의 극적인 만남이었다는 것은 영선 형이나 나 두 사람 모두에게 아주 특별한 젊은 날의 아름다운 일화로 남을 것이다.

영선 형은 회사를 그만 두고 독립했다. 노후 준비를 위해서란다. 어쩌면 나로서는 다행이다. 일이 바빠서 저녁에도 머리 싸매고 컴퓨터 앞에 앉아 있다가도 내가 마시고 싶을 때 보고 싶을 때는 언제든지 영선 형에게 전화를 걸면 될 테니까.

하-하 하!

동경에서 겸손과 배려를 배우다

2001년 초 여름 IT회사의 비상근 편집장으로 몸담고 있던 시기였다. 취재 아이템을 갖고 동경으로 갔다. 숙소에 들르기 전에 우선 서점에 가서 찾아보아야 할 잡지가 있었기에 도중에 신주쿠역에서 내렸다. 전철에서 내리기 전까지만 해도 두세 번 왔던 곳이니 기노꾸니아 서점을 찾아가는 것은 식은 죽 먹기라고 생각했다. 그건 나만의 착각과 오민이었다.

신주쿠역이 어떤 곳인가? 10여 개 노선이 훨씬 넘는 전철 기차 노선이 거미줄처럼 통과하는 동경의 가장 큰 중앙역이니 출구도 한두 곳이 아니고 오가는 사람들은 동대문 남대문 새벽시장보다도 더 많이 북적이는 곳이다. 역사로 들어가는 입구도 여러 곳이다.

어찌된 일인지 몇 년 전 왔을 때는 한 번에 출입구를 찾아 나가 직접 찾아갔는데 출구를 잘못 나온 것이다. 기노꾸니아 서점으로 가는 길이 안보였다. 뭔가 낯설고 어느 방향으로 가야 할지 난감하기만 했다. 다시 역사 안으로 들어간다 해도 서점으로 이어지는 출구를 찾아낼 자신이 없었다. 어찌하면 좋단 말인가? 햇살은 따갑게 내리쬐는 대낮 여행 가방을 끌고 어디로 갈지 몰라 망설이는 상황이 벌어졌다. 하필이면 그날 나리타공항으로 향하는 첫 비행기를 탄 까닭에 공항에서 유쾌하지 못한 일을 겪었기 때문인지 신주쿠역 앞에서 길을 잃고 헤매이는 나로서는 싸증감이 머리 끝까지 올라오는 듯했다.

일본 역사교과서 문제로 국내 주요일간지에서는 그날 조간신문에 일본의 역사왜곡 문제에 대해 대서특필했고, 이 때문인지 일본 공항 입국 심사대에서는 한국인 승객 중에서도 젊은 사람들만 여러 명을 통과시키지 않고 한쪽으로 불러냈다. 숙소와 방문 이유를 정확히 말했고 돌아갈 티켓도 보여주었는데 무슨 이유인지 옆으로 불러내서 사무실로 데려갔다. 그리고 삼십여 분이 넘도록 어떤 조치도 취하지 않았다. 나처럼 끌려온 사람들이 10여 명에 달했다. 화가 치밀어 오른 나는 서툰 영어로 "이유가 뭐냐?", "왜 빨리 빨리 조치를 못 취하는가."라며 큰 소리로 말했다. 워낙 목소리가 큰 편이니 주변사람들이 다 쳐다보고 일본인 출입국 직원도 나를 향해 뭐라고 말했다. 이쯤에서 멈출 내가 아니다. 더 화가 나서 "무엇이 문제인지 말하라."라고 소리쳤다. 그제서야 공항에 파견된 한국인 여직원이 다가와서 "감정적으로 말하면 시간만 더 걸리니 조금만 기다려 달라."고 했다. 그리고 5분 정도 지났을까. 그 여직원이 나를 통과시켜주었다. 이런 일을 겪었으니 일본인들에 대한 막연한 악감정이 가슴속에서 끓어오르고 있었다.

잠시 안정을 찾고자 담배를 피워 물었다. 공항에서 급행 전철을 탄 이후 두 시간 동안 담배를 피우지 못했으니 담배 맛이 그야말로 꿀맛처럼 느껴졌다. 그것도 잠시다. 담배꽁초를 휴지통에 버리는 순간부터 잠시 가라앉는 듯했던 긴장감과 짜증감이 다시 꿈틀댄다. 뜨거운 햇살을 머리에 이고 무거운 여행 가방을 끌고 어느 길로 접어들어야 할까? 방법은 하나밖에 없었다. 길을 묻는 것은 세계 어디를 가든 실례가 될 수는 없는 일. 때마침 젊은 두 남자가 내 앞으로 걸어오고 있었다. 복장을 보니 아무래도 학생인 듯싶어 부담이 덜해진다.

일어를 못하니 영어로 묻는 수밖에 없었다.

"익스 큐즈 미. 캔 유 스피크 잉글리쉬"

"리들."

일본인들은 대부분 영어를 조금 할 줄 알면 '리들'이라고 말하고 할 줄 모르면 '노' 하면서도 미안해 하고 난감해 한다. '리들'이라고 했으니 이건 어느 정도 안다는 얘기다. 기노꾸니아 서점을 가려고 하는데 어떻게 가야 하느냐고 물었다. 그러자 젊은 두 친구는 서로 뭐라고 말하더니 잠시 난처한 표정을 짓다가 끝내 한 친구가 자신들을 따라오라고 했다. 이를 테면 서점까지 데려다주겠다는 것이다. 분명 두 사람의 행선지는 그곳이 아닌데도 불구하고 설명으로는 복잡하니 직접 안내를 해주겠다고 자청한 셈이다.

순간 나는 얼굴에 철판을 깔고 그들의 뒤를 따라갔다. 사실 이 얼마나 고마우면서도 미안한 일인가. 처음 보는 사람들이 십여 분은 걸어야 하는 길을 직접 안내해 준다니 쉽지 않은 일이다. 나는 그들의 뒤를 바짝 따라가면서 미안한 마음에 먼저 말을 걸었다. 나는 프리랜서 작가이자 기자이고 동경에는 일 때문에 온 한국인이라고 했다. 두 사람에게 학생이냐고 물었다. 알고 보니 둘은 친구 사이인데 나이는 서른한 살이고 한 명은 대학원생이고 다른 한 명은 직장인으로 기업의 연구소에서 일한다고 했다. 고향은 규슈 지역이며 물건을 구입할 것이 있어 신주쿠에 왔단다. 나는 문법도 무시해 가면서 단어가 떠오르는 대로 그냥 무식할 정도로 말을 이어갔다. 그러자 그들은 나에게 영어를 잘한다며 칭찬까지 한다. 참으로 창피스러운 일인데 말이 빠르다 보니 마치 내가 영어를 잘하는 것처럼 느낀 모양이다. 십여분 동안 걷자 기노꾸니아 서점 앞에 도착했다. 인사를 하고 돌아서려 했다. 순간 나는 이건 아니다 싶어 마치 한국사람 대하듯이 담배 한 대 피자며 그들을 붙잡았다. 그리고 한국 담배 '○○'라고 소개하면서 담배 한 개비씩 건네자 두 사람은 부담없이 받아서 입에 물었다. 일본에 대해 잘 아는 누군가가 이 광경을 지켜보았다면 아마도 나에게 "저 무식한 놈"이라고 했을 것 같다. 땡볕 아래서 그것도 담배를 권하다니?

그런데 이게 웬일. 진심인지 아닌지는 모르겠지만 두 사람은 다 '굿'이란다. 풍수가 5단인 내가 가만히 있을 리가 없다. 담배를 피우고 나자 곧장 트렁크를 열어서 담배 두 갑을 꺼냈다. 선물이라면서 한 갑씩 건네자 두 사람은 '아리가또'를 서너 번씩 반복하며 감사의 인사를 했다.

여행이 끝난 후 귀국한 지 이틀이 지났을까? 낯선 이메일 한 통이 도착했다. 열어보니 그때 만난 두 친구 중 대학원생이었다. 이 어찌된 일인가? 자신은 영어를 잘 못한다며 겸손해 하던 그 친구의 영작 수준은 내가 중학생 수준이라면 그야말로 고급 수준이었다. 만나서 반가웠고 선물로 준 담배는 너무 고마웠단다. 일은 잘 보고 귀국했냐면서 다음에 또 만나길 희망한다며 아주 정중하게 메일을 보내온 것이다. 답장을 하면서 나는 내심 불안하고 적당히 부끄러웠다. 내 영작 수준이 형편없다고 생각하기 때문이기도 했고 그들과 만났을 당시 마치 잘난 척하듯 두서없이 마구 떠들어댔던 나의 허접한 영어회화 실력 때문이다.

이제는 오래된 기억으로 남아 있는 두 친구와의 우연한 만남. 나는 그들을 기억하면서 일본인들의 겸손과 배려를 생각한다. 타인을 배려하는 마음, 늘 겸손한 언행이 몸에 배어 있기에 누구에게든 친절함과 예의를 잃지 않는 모습을 보어줄 수 있는 것이 아닌가. 꼭 이 두 젊은이가 아니더라도 이런 점에서는 우리 한국인들보다 그들이 한수 위인 게 사실이다. 겸손과 배려 그것은 일본인들에게서 배워도 좋은 아주 괜찮은 문화가 아닐까 싶다.

마드리드 한복판서 이판사판 난장판(?)

지금 생각하면 그때 왜 그랬을까 싶다. 매주 일요일 열리며 500년 넘는 역사를 지닌 유럽에서 가장 오래된 벼룩시장이라는 '엘 라스트로'^{El Rastro}. 2006년 1월 어느 휴일 오후 이곳 벼룩시장 거리에서 싸움이 붙었다. 그야말로 진풍경을 연출하고 말았다.

남미에서 온 듯한 뚱뚱한 여자가 소리쳤다.

"피프틴."

그 여자의 남편도 거든다.

"피프틴 피프틴."

한국에서 온 중년남자는 고개를 흔들었다. 그리고 손에 들고 있던 아동의류 한 벌을 다시 노점 위 좌판 위로 내던지며 더 큰 소리로 외쳐댔다.

"피프틴 노. 온니 트웨니 유로. 리얼리"

사람들이 몰려들었다. 이제는 여자와 남자 둘 다 일어나서 한국 남자에게 삿대질을 하면서 돈을 흔들어댄다. 그리고 "피프틴."이

라고 소리친다. 한국 남성에게서도 그대로 물러설 기미가 전혀 보
이지 않는다.

"노 피프틴. 트웨니. 핼프 미, 폴리스! 폴리스!"

주변을 둘러보며 경찰을 부르자 여자는 전대에서 20유로를 꺼내
땅바닥에 집어던졌다. 포기한 것이다. 폴리스를 부르던 한국 남자
는 엎드려서 지폐를 주워들고 휭하니 그 자리를 벗어났다. 그 남자
의 뒤로 여인의 목소리가 들렸다. 욕인지 하소연인지 모를 스페인
언어가 벼룩시장 하늘 위로 둥실둥실 떠다니고 있었다.

스페인 여행 시 내가 직접 겪은 일이다. 당연히 싸움의 주인공은
나였다. 만일 이와 유사한 상황이 다시 온다면 싸우기보다는 5유
로 잃어버렸다고 생각하고 자리를 벗어날 것이다. 한국도 아닌 유
럽의 도시 한복판에서 그것도 노점상 여주인과 말싸움을 벌인다
는 것이 좀 창피한 일인가? 하지만 그때는 달랐다. 창피하다는 생
각보다는 내 돈 5유로를 게 눈 감추듯 삼킨 그 여주인을 용서할 수
가 없어 한 치의 양보심도 생겨나질 않았다. 만일 그 여자의 남편
이 나를 밀치거나 팔을 잡기라도 했다면 그 자리서 피 터지게 싸
우는 한이 있더라도 물러서지 않고 한바탕 난투극을 벌였을지도
모른다. 그때는 마흔 둘이었으니까.

마드리드의 벼룩시장으로 유명한 엘 라스트로 시장을 둘러보지
않을 수 없었던 나는 그날 서너 시간 동안 열심히 곳곳을 돌면서
구경을 했다. 아주 오래된 각 국의 옛날 화폐, 고서, 그림엽서, 우
표 등은 기본이고 온갖 용품들을 아무리 봐도봐도 끝이 없을 정도

였다. 워낙 크다 보니 구역별로 파는 물건도 전문화되어 있었다. 이를 테면 애완동물 관련 용품들만 파는 골목이 별도로 있기도 하다. 그러니 가장 흔한 옷이야 곳곳에서 넘쳐난다. 벼룩시장이라고는 하지만 포장을 뜯지 않은 중고품이 아닌 상품가치를 지닌 제품들이 적지 않았다. 멋진 가죽 자켓에 욕심이 나서 몇 번을 들춰보다가도 돈이 아까워서 끝내 사지 못했다. 중간에 카페테리아에서 커피와 빵으로 간식을 먹었으니 다리가 좀 아파올 만큼 돌아다닌 셈이다.

어딜 가든 하나밖에 없는 아들 녀석 선물은 사야겠다는 생각을 하는 나로서는 이날도 예외는 아니었다. 여섯 살 되는 아들이 입으면 아주 귀여울 것만 같은 노란색 옷 한 벌을 발견하고 옷을 꼼꼼이 살펴보았는데 디자인도 괜찮고 중국 제품에 비하면 질도 한 수 위다. 가격은 15유로라고 적혀 있었다. 가격 대비 품질이 괜찮은 편이니 주저할 이유가 없었다. 나는 잔돈이 없어서 20유로 지폐를 건네주었는데 상인 여자는 좀처럼 잔돈을 주지 않았다. 여기서 문제가 발생한 것이다. 여자는 15유로를 받았다면서 거스름돈을 줄 이유가 없다는 입장이고, 나는 분명히 20유로를 주었는데 잔돈을 내주지 않으니 화가 난 것이다. 혹시나 해서 지갑을 확인해 보니 내 착오는 아니었다. 숙소에서 나올 때 50유로를 들고 나와 5유로 밖에 사용하지 않았는데 지갑에 남은 돈은 25유로뿐이다. 20유로 지폐 두 장과 10유로 지폐 한 장을 갖고 나온 것을 정확히 기억하는데 대체 5유로가 어디로 날아갔단 말인가? 하지만 싸움으로까지 확대된 것은 5유로보다도 그녀의 양심이었다. 그녀가 15유로를 받았다고 발뺌을 하는 것이 나를 너무도 화나게 만든 것이다.

결국 옷도 못 사고 20유로만 돌려받았다. 숙소로 돌아오는 발걸음에 묘한 공허함 같은 게 느껴졌다. 그녀가 '폴리스'라는 말에 더 이상 자신의 정당성을 주장하지 못한 데는 그만한 이유가 있었던 것이다. 숙소의 한국인 주인에게 그날 싸운 이야기를 하자 벼룩시장에서 물건을 파는 사람들 중에는 스페인 사람이 아닌 남미나 인접 지역의 가난한 나라에서 온 불법체류자들이 적지 않다고 했다. 주인은 이런 말을 들려주었다.

"그녀가 '폴리스'라는 말에 돈을 돌려주었다면 남미에서 온 불법체류자일 가능성이 높아요. 벼룩시장의 상인들 중에는 유럽인과는 한눈에 구분되는 한국 중국 일본 관광객들에게 바가지를 씌우는 일이 종종 있다고 들었어요. 사실 경찰이 오면 자신의 신분이 들통 날 터이니 5유로 때문에 더 이상 말싸움 하는 것이 그녀에게는 매우 비생산적이고 위험한 일이죠."

얘기를 듣고 나니 한편으로는 5유로 때문에 소리를 지르던 그 여인에게 동정이 가기도 했다. 어쩌겠는가. 아닌 건 아닌 것이다. 분명히 잘못된 일인데 그냥 눈감아줄 수는 없는 일 아닌가. 여하튼 외국 여행 중 현지에서 소리지르며 싸운 것은 중국 소주에서 인력거꾼과 한 판을 한 것과 벼룩시장여인과의 싸움 두 번뿐이었으니 아마도 오랫동안 내 기억 속에서 지워지지 않을 것만 같다.

외국 땅까지 가서 싸움을 한 것이 자랑은 아니지만 시간이 흐르면 그런 기억들도 추억으로 남게 되니 그렇게 나쁜 것만도 아닌 듯하다. 게다가 사람냄새란 본래 시장 바닥에서 더 강하게 느낄 수가 있는 것이니 더욱 그렇다.

마드리드의 벼룩시장

스페인의 거장으로 불리는 영화감독 페드로 알모도바르의 작품 '정열의 미로'에는 마드리드의 벼룩시장 라스트로가 나온다. '엘 라스트로'El Rastro로는 매주 일요일 열리며 500년 넘는 역사를 지닌 유럽에서 가장 오래된 벼룩시장이다. 마드리드 시내 중심가인 솔 광장이나 라 라티나La Latina 역에서 가까운 이 벼룩시장은 아침 9시부터 문을 연다. 마요르광장에서부터 시작된 시장은 그 뒤편 언덕 아래 도로변과 골목 골목에서 열리며 그 규모는 대단히 크다. 서너 시간을 돌아다녀도 다 볼 수 없을 정도로 벼룩시장은 각 품목별로 전문 거리가 형성되어 있는 등 온갖 것들을 다 만날 수 있다. 마드리드에서는 또 하나의 볼거리로 통하므로 관광객들도 많이 찾는다. 단, 물건을 구입할 때는 신중을 기해야 한다. 이곳 벼룩시장의 상인들 중에는 스페인사람만 있는 게 아니다 남미나 스페인 인근의 나라에서 온 이방인 장사꾼들도 부지기수다. 계산시 정확하게 주고 받지 않으면 20유로 지폐를 받고서도 10유로 지폐를 받았다고 우기는 이들도 있다.

마트 주인의 선물

"내일 가요?"

"네. 한국으로 돌아갑니다."

"좋겠네요."

생수와 우유를 사서 나오는 나를 칸이 부른다. 돌아섰더니 급히 다가와서 내게 뭔가를 준다. 과자 하나와 아이들 장난감 같은 것이다. 아들에게 갖다 주란다. 순간 당황스럽기도 하고 너무 고마워서 감사하다는 말을 몇 번이나 하고 다시 내 방으로 올라왔다.

터키여행 중 내가 머물렀던 숙소 사마티아홈은 유럽식 4층 건물이었고 바로 옆 건물의 1층은 마트가 자리해 있었다. 구멍가게보다는 큰 우리나라의 동네 수퍼마켓 같은 점포였다. 앙카라와 사프란볼루 등지를 가느라 3박 4일 비웠던 시간을 제외하면 10여 일간을 늘 사마티아에서 머물렀으니 그 기간 동안엔 날마다 칸을 보곤 했다. 큰 키에 콧수염이 유난히 짙은 그는 처음 볼 때부터 아주 편하게 정겹게 느껴졌다. 먼저 인사를 하면서 말을 걸어왔다. 그가 터키어로 말하면 나는 그저 감으로 알아차리고 영어로 답했다. 그는 숫자 정도만 셀 뿐 영어를 거의 모르다시피했다. 그런데도 불구하고 M과 나는 손짓 발짓 다해 가면서 서로 많은 얘기를 주고 받았다. 그러면서 정이 들었던 걸까. 전혀 생각지도 않았는데 그가 선물을 준 것이다.

나는 그의 가게에서 맥주, 생수, 우유, 계란, 건전지를 주로 구입했다. 어떤 날은 건전지 하나 구입하면서 삼십여 분은 족히 수다를 떨기도 했고, 또 어떤 날 저녁은 서로 한차례씩 캔 맥주를 건네면서 아예 카운터 옆자리에 앉아 마치 동네사람처럼 그렇게 시간을 보내기도 했다.

칸은 거주하는 곳은 다른 곳에 있는데 아침 7시부터 밤 열한 시까지 가게 문을 열고 거의 혼자서 장사를 했다. 야채만 팔지 않았을 뿐 다른 상품 구성은 우리의 수퍼마켓이나 별 다를 게 없었다. 날마다 카운터에 서 있거나 앉아 있는 일이 따분할 법도 한데 그는 언제 보아도 늘 웃는 얼굴이다. 팔씨름을 하자고 하기도 하고 콧노래를 흥얼대면서 몸을 즐겁게 움직이는 등 나를 즐겁게 해주려고 작정을 한 사람처럼 살갑게 나를 대했다. 매일같이 혼자서 점포를 지키는 것이 궁금해 한번은 숙소의 한국인 안주인에게 그에 대한 얘기를 했다. 아줌마는 기다렸다는 듯이 그에 대한 몇 가지 정보를 즐겁게 늘어놓았다.

"그 사람 총각이라고 하죠? 아직 미혼이에요. 1년 전까지만 해도 동생과 같이 일했는데 어느 날부터 안 보이더라구요. 듣기로는 동생과 심하게 싸우고 난 후로 동생이 가게에 나타나질 않는다고 하던데요. 그 사람 참 재미있지요? 체격은 커도 잘 웃고 인사도 아주 잘해요. 그리고 하루도 안 쉬어요. 무척 부지런한데다 성격도 좋던데 그 인물에 왜 결혼을 안했는지 몰라요.”

국적 불문하고 미혼에게 ‘왜 결혼하지 않았느냐?’ 질문하는 것은 실례가 되는 일이다. 하지만 제법 편한 사이가 되었다는 생각으로 숙소 안주인의 말을 참고하여 대화중 넌지시 왜 미혼이냐고 물어보았다. 그러자 그는 자신도 그 이유를 알 수가 없다는 재미있는 표정을 지으면서 말했다.

“나 결혼했어요. 아들 둘, 아내 그렇게 같이 살아요.”

큰 실수를 한 셈이다. 내가 미안해서 어쩔 줄 몰라 하자 그는 ‘노 프로블럼’ 이라 말하면서 하하하 웃었고 결국엔 나도 따라 웃고 말았다.

시간이 지나면서 어떤 날은 아침에 숙소를 나가면서 칸이 나와 있는지 확인하기 위해 밖에서 점포 안을 들여다보기도 했다. 마땅히 살 물건이 없으니 그냥 들어가기도 그렇고 바쁜 여행길에서 아침부터 시간을 낭비할 수 없는 일이니 그의 출근 여부를 체크만 하는 셈이다. 그럴 때면 어김없이 점포 안 카운터에 앉아 있던 그가 벌떡 일어나서 웃으며 손을 흔들었다.

늘 청바지에 스웨터 차림의 칸은 검은 콧수염이 주는 다소 어두운 인상을 늘 미소로 대처했다. 캔 맥주를 사서 카운터 옆에 앉아 마실 때는 치즈나 과자 같은 것을 풀어놓고 마음껏 먹으라고 했다. 그와 함께 웃고 떠드는 시간만큼은 이스탄불이 서울처럼 느껴졌고 그의 점포는 우리 집 근처의 단골 슈퍼마켓보다도 더 편안한 사랑방이 되곤 했다. 먼 이국땅에서 혼자 머물면서 날마다 한 번씩은 얼굴을 마주 보고 미소짓고 대화를 나누는 사람이 있다는 것 그것은 아주 큰 행운이다.

온종일 돌아다녀도 길을 물어보는 일 외에는 편하게 대화를 나눌 시간이 없으니 위험한 지역이 아닐지라도 적잖게 불안감, 걱정, 외로움 같은 것이 밀려오기 마련이다. 특히 밤이 되어 마땅히 돌아다닐 곳도 없을 때에는 침대만 덩그러니 놓여 있는 방 안에 혼자 있다는 사실 만으로도 집 생각 가족 생각이 저절로 날 수밖에 없다. 하지만 칸이 있었기에 2주간의 터키여행은 한결 가벼운 마음으로 즐거운 시간이 되었고 외로움 따위는 느낄 여유조차 없었다.

떠나오는 날 아침 가게로 들어가 그와 작별인사를 나누는 것은 당연한 일. 기회가 된다면 한국에 꼭 한번 놀러오라고 했더니 아마도 자신은 가게 때문에 힘들 테니 내가 다시 여행을 오면 좋겠다고 했다.

귀국하여 초등학생 아들에게 선물을 건네주니 "아빠 이거 한국에도 있는데. 그래도 선물이니까 좋아. 고마워."라고 말했다. 언젠가 지인과의 대화중 칸에 대한 얘기를 했더니 "외국 친구가 아들 선물까지 챙겨주다니 꽤 고마운 친구네."라고 했다.

터키 이스탄불! 언젠가 꼭 다시 한 번 가겠다고 벼르고 있는 중이다. 나에게 좋은 추억을 만들어주었고 늘 기억 속에서 선명하게 떠오르는 칸의 웃는 얼굴. 오늘도 나는 그가 여전히 마트를 지키고 있을 거라는 생각을 한다.

ACTIVITÉS
POUR
INDIVIDUELS
ACCUEIL
DES GROUPES

기억

어딜 가든
무언가를 많이 보는 것만으로
사진 속에 잔뜩 담는 것으로 만족해 하지마라
여행은 기억이다.
여행은 추억이다
그리고 여행은 넓고 뜨거운 가슴이다.
무거워서 들고 오지 못할 만큼
숱한 기억과 추억을 가슴에만 담아오면 되는 거다
그 안에 분명 사람이 있을 테니까

사진 찍으면 죽어

'예원'은 중국 상해에서 빼놓을 수 없는 관광코스다. 구시가지 푸서의 중심부에 자리한 예원은 명청시대의 양식을 보여주는 중국 정원으로 섬세하고 아름다운 곳으로 평가받고 있어 늘 찾는 이들이 많다.

취재차 떠난 그해 겨울 가이드의 권유로 예원에 갔지만 여기저기 둘러보다가 실망감을 갖지 않을 수가 없었다. 역사와 전통을 보여준다는 그 특별한 정원 내의 식당 쇼핑 건물 안에 하필이면 외국계 패스트푸드점이 자리하고 있는 게 아닌가? 내 나라가 아니니 말하면 잔소리가 되겠지만 뭔가 특별한 분위기를 느낄 거라고 여기고 택시까지 타고 찾아간 그곳은 만족스럽지 못했다. 동행했던 중학생 조카에게까지 "너는 어떻게 생각하니? 이런 장소에까지 돈벌이를 깔아놓은 이 중국인들의 상술을."이라고 물어보면서 "정말 돈에는 귀신 같은 인간들인가 봐. 너 조선족 가이드가 한 말 들었지? 돈이라면 물불을 가리지 않는다고 하잖아. 어휴 무서운 놈들이야." 하면서 혼잣말로 열심히 욕을 해주었다. 어찌된 일일까? 나의 이런 비난의 소리를 중국 땅이 들어버린 것일까?

문제는 그 다음이었다. 대충 정원을 둘러보고 나오려는데 한 무리의 사람들이 서성이며 무언가에 주시하고 있었다. 거리의 마술사 같은 사람이 마술을 펼쳐보이는 중이었다. 처음 보는 것은 무엇이든 신기한 게 아닌가. 촌로처럼 생긴 마술사는 유럽에서 본 거리의 마술사들처럼 눈에 띄는 이색적인 복장을 갖춘 것은 아니었지만 신이 나서 떠들어댔고 그를 둘러싸고 지켜보는 사람들은 박장대소 하곤 했다. 중국어는 인사말조차도 알아듣지 못하는 입장이었으니 그저 마술사의 몸짓과 사람들의 표정을 지켜보는 것으로 만족해야 했다. 이런 갑갑한 내 마음을 마술사가 알아버린 걸까? 마술사는 관람객 중 예쁜 여성에게 다가가 상대의 의향을 묻는 듯하더니 한가운데로 데리고 나가서는 자신이 가져온 작은 상자 안에 손을 넣게 했다. 그러지 어성은 붉은새 종이 한 장을 꺼내 손에 들었고 마술사는 그녀의 손에 힘을 불어넣었다. 종이는 화려한 스카프로 변했고 사람들은 박수를 쳤다.

재빠르게 가방에서 카메라를 꺼내 셔터를 눌렀다. 드디어 나의 기자정신이 발휘되는 순간이었다. 여자는 마술사로부터 스카프를 선물로 받아서 자신의 남자친구가 있는 곳으로 걸어 들어갔고 마술사가 모자를 들고 사람들 앞으로 다가서자 동전을 내기 싫은 관람객들은 하나둘씩 자리를 떠났다. 스카프를 들고 좋아하는 여자와 그녀 곁에 있던 남자는 환한 미소를 지으면서 스카프를 그녀의 목에 둘러주는 게 아닌가? 당시만 해도 밝은 대낮에 그것도 중국의 거리에서 보는 청춘남녀 치고는 매우 세련되고 얼굴도 잘생긴 미남 미녀가 이런 모습을 드러내는 일은 보기 드물었다. 무의식적으로 나는 카메라를 꺼내 촬영을 하지 않을 수가 없었다. 그 사진을 훗날 책에 쓸 것인지 아닌지는 그 다음 문제였다. 그런데 일이 빨리 터지고 말았다.

잘 생긴 이 키 큰 남자는 한 순간에 악마 같은 얼굴로 표정이 바뀌더니 내 앞으로 다가와 화난 목소리로 말했다. 알아들을 수는 없지만 왜 자신의 애인을 촬영했는가에 대해 따져 물으면서 카메라에서 필름을 빼서 자신에게 내놓으라고 소리쳤다. 조카와 나는 당황스러운 나머지 어찌할 바를 몰랐고 나는 엉겁결에 '나는 작가이고 상해를 여행중인데 사진 찍은 대상은 당신들이 아니고 주변의 풍경이요. 그러나 걱정하지 마세요." 라고 둘러댔다. 그때 여자가 뒤쫓아와서 화가 난 자신의 애인을 달래어 끌고 갔다. 남자는 자신들의 얼굴이 사진 찍힌 것이 분하고 억울한지 조금 걷다가 다시 뒤를 돌아다보며 나에게 뭐라고 소리쳤다. 아무래도 '조심해. 겁 없이 대들었다가는 죽는 줄 알어' 이런 말을 하는 것만 같았.

이쯤에서 일이 수습된 것은 정말로 다행스러운 일이었다. 만일 카메라를 빼앗겼더라면 나로서는 큰 문제가 아닐 수 없었다. 전날 다녀온 소주에서 촬영한 사진들이 담긴 필름이 사진기 속에 들어 있었으니 필름을 빼앗겼다면 다시 또 소주를 다녀올 수밖에 없었기 때문이다. 놀란 가슴을 쓸어내리면서 예원을 성급히 빠져나왔

다. 한편으로는 나이 어린 조카 앞에서 '이게 무슨 망신인가' 하는
생각도 들어 마음이 편하지 않았다.

어찌 보면 이 같은 경험도 한 번쯤은 필요한 일이 아니었나 싶
다. 그후로는 해외 취재나 여행길에서 설령 상대가 눈치를 못 차
린다고 할지라도 함부로 셔터를 눌러대는 일은 피했다. 입장 바꿔
놓고 보면 나라고 한들 즐거울 수는 없는 일 아닌가? 게다가 요즘
은 세계가 국경 없는 글로벌 시장이 되고 보니 해외에서 촬영한
사진일지라도 잡지나 단행본에 사용했을 경우 언제 누가 나타나
서 초상권 침해에 대한 법적 책임을 물어올지도 모를 일이다.

그날 숙소에 들어와서 나는 혼잣말로 푸념을 했다.

"참, 그 녀석. 미인을 애인으로 가졌으면서 그렇게 화를 내고 난
리야. 이거 무서워서 중국여행이나 하겠나."라고.

수난사를 겪은 아름다운 정원

　예원은 명조의 관리였던 반윤단(潘允端)이 그의 아버지를 기쁘게 하기 위해 만든 개인 정원으로 무려 20년이 걸려 만들었다고 한다. 때문에 완공이 되었을 때는 이미 그의 부모가 세상을 떠난 후였고, 그 자신도 예원이 완공된 지 몇 해 못 살고 병으로 죽었다고 한다.

　그후 상인이 이 정원을 구입했는데 너무도 아름다운 정원이었기 때문일까? 이 정원은 그후로 온갖 수난사를 맞이하게 된다. 1842년 아편전쟁이 일어났을 때는 영국군이 이곳을 5일간 점령했고 태평천국의 반란시에는 황군에 점령되었는가 하면 1942년에는 일본군에 의해 곳곳이 피해를 입었다. 그리고 1982년에 국가 단위의 문화재로 인정되었다.

　예원은 2만 평방 미터의 면적을 가진 거대한 정원으로 문인들이 강론을 주고 받았던 '점춘당', 윈난에서 2만 2천여 톤의 무강석을 가져와 12m 높이로 쌓아 올린 인공산인 '대가산', '구곡교'와 함께 인상적인 곳으로 꼽히는 호심정 등을 비롯해 득월루, 삼수당, 옥영롱, 청도각, 내원, 지당 등이 있다. 또 예원 입구의 쇼핑가로 이름난 예원상청도 유명한 볼거리 중의 하나이다.

'브라더'를 외치던 철도기관사

터키 이스탄불에서 기차를 타면 불가리아를 거쳐서 그리이스와 루마니아는 물론이고, 프랑스, 독일, 스페인 등 유럽 어디로든지 갈 수 있다. 지리상으로는 아시아로 분류되지만 실제 터키는 유럽이나 다름없는 나라다. 기차로 너댓 시간만 가면 불가리아로 들어갈 수 있으니 이스탄불 기차역에 가면 기차만 타고 유럽 어디든지 돌아다녀볼까 하는 생각마저 든다. 게다가 지구촌 어디를 가든 기차와 기차역은 그 느낌이 특별하다. 누군가를 만날 것만 같기도 하고 새로운 친구가 생길 것만 같은 그런 좋은 느낌 속으로 빠져들게 된다. 이런 호기심 때문인지 아주 유명한 도시는 아닐지라도 완행열차를 타고 이스탄불에서 서너 시간씩 떨어진 소도시나 시골을 갔다 오기도 했다.

역시 나의 감각은 적중한다. 에드리네를 가던 날 이스탄불 역에서 어떤 기차를 타야 할지 헤매다가 대화를 나누면서 플랫폼을 걸어오는 두 명의 기관사들을 만났다. 에드리네행 기차를 물어보자 친절하게 가르쳐준다. 이어서 한 사람이 먼저 말을 건넸다. "코리아? 저?" "암 코리안." 그러자 키가 내 두 배는 될 듯한 그 기관사는 손을 내밀면서 큰 소리로 외쳤다. "브라더. 오 코리아." 마치 이산가족이 상봉하는 것만큼이나 그는 활짝 웃는 얼굴로 반갑게 악수를 하면서 손을 놓아주질 않는다. 한국 어디에서 왔는지? 왜 왔는지? 물어보면서 묻지도 않는 말을 먼저 꺼냈다. "우리 할아버지가 한국전쟁 시 참가했었어요. 지금은 돌아가셨지만. 한국 사람들은 터키의 형제들입니다. 정말 반가워요." 기차가 출발하려면 이십여 분 시간이 남았기에 나 역시 잘됐다 싶어서 말을 이어갔다. "한국에 와본 적 있어요?" "아뇨." "꼭 한번 놀러오세요. 한국 사람들도 터키 사람들을 형제라고 생각해요. 이스탄불 아주 멋진 도시입니다. 우리 사진 한 장 찍을래요?" "좋아요."

기분 좋게 사진도 찍고 '다음에 또 보자'고 손을 흔들며 기차에 올랐다. 유럽의 기차들은 내부 구성이 우리와는 많이 다르다. 한 칸에 여섯 사람씩 들어가는 객실이 있는가 하면 20~30여 명만이 앉을 수 있는 미니객실을 갖춘 기차도 있고, 2층 침대 두 개가 들어있는 4인용 침실과 같은 객실도 있다. 가족이나 연인과 함께하는 여행도 아닌데 굳이 별실 같은 객실을 택할 필요는 없었다. 이왕이면 사람이 많이 타는 넓은 객차의 창가에 앉아 바깥 구경도 하고 앞에 옆에 앉은 사람들과 눈도 마주치는 게 내 스타일. 아니나 다를까. 20대 후반의 한 젊은이가 옆에 앉았다. 눈꼬리가 처지고 살이 통통한 동양의 중년이 젊은이에게는 좀 편안해 보였던 것일까? 이 친구가 먼저 말을 건넨다.

"어디서 왔어요?"

"한국에서요."

"오 반갑네요. 한국은 터키의 형제입니다."

"맞아요. 한국 사람들도 터키사람들 좋아해요."

"한국 가보고 싶어요. 궁금해요."

"여행오세요. 음식도 다양하고 사람들 착해요."

"저도 그렇게 알고 있어요. 축구도 잘 하잖아요?"

"월드컵 4강에서는 터키가 한국 이겼잖아요."

"이스탄불 어떠세요?"

"아주 환상적인 특별한 곳 같아요. 동서양 문화가 공존하고 사람들은 친절하고 한국에 비해 여유가 느껴져요."

젊은이는 두 번째 역에서 기차가 섰을 때 내렸다. 성격이 아주 차분하면서도 예의 바른 친구였다.

터키를 여행하다 보면 먼저 다가와 '브라더' 라고 말하는 중장년들을 만나곤 한다. 여행을 떠나기 전에 누군가가 터키사람들은 한국인들을 보면 아주 반가워하고 '브라더' 라고 외친다고 했는데 그게 사실이었다. 그들은 호들갑을 떨거나 아부 스타일은 결코 아니다. 다만 사심이 느껴지지 않는 순수한 감정으로 한국인들을 대한다. 정확하게 밝혀진 역사는 아니지만 역사적으로 추론해 볼 때 터키의 뿌리는 우리의 핏줄이나 다름없는 돌궐족이며 그 때문에 터키 즉 튀르크족으로 불렸고, 그들과 우리는 형제라는 쪽이 지배

적이다. 여기에 6·25전쟁 당시 유엔사무총장으로부터 파병요청을 제의받고 단시일 내에 참전을 결정하여 미국, 영국, 캐나다 다음으로 많은 인원을 참전시킨 나라다. 14,936명이 참전하여 3,216명의 인명피해가 발생했으니 혈맹국이라는 말이 맞다. 이런 역사적인 관계가 있기 때문에 터키인들과 한국인들 사이에는 보이지 않는 묘한 정이 통하는 것이 아닐까싶다.

어떤 이유에서든지 터키에 가면 그곳의 사람들은 정겹고 친절하게 다가온다. 얼굴과 몸집은 우리와 많이 다르지만 그들과 우리 사이에는 보이지 않는 끈이 있는 듯하다. 더욱이 놀라운 사실 한 가지는 겨울철 터키의 관광지에 가면 우리와 똑같은 방식으로 밤을 구워서 파는 군밤장사 아저씨를 만날 수 있다는 것이다. 터키에는 우리의 밤과 똑같은 밤에 대량 재배되는 지역이 있을 정도다. 한국, 중국, 그리고 일본은 지리적으로 가깝고 비슷한 재배환경과 식생활문화를 가지고 있기 때문에 같은 종류의 농산물이 많이 재배되긴 하지만 이국 만리 먼 곳 터키에서 군밤을 만난다는 것은 참으로 즐겁고도 시기함이 느껴지는 일이다.

'브라더'와 '군밤'만 생각하더라도 터키 그곳은 이유도 없이 왠지 정이 가는 나라 다. 그곳에서 만나는 사람들과는 늘 특별한 추억이 만들어지니 다시 또 찾아가고 싶은 땅이 아닐 수 없다.

프랑크푸르트에서 공짜 술을 마시다

히틀러를 생각하면 뭔가 거리감이 느껴지기도 하지만 그래도 큰 키에 부지런하고 의지가 강해 보이면서 소비생활에 있어서 검소하며 사뭇 진지한 표정을 지닌 사람들.

독일에 대한 나의 선입견은 이랬다. 2009년 12월 처음으로 독일 땅에 발을 내디뎠을 때 이런 느낌은 더 강하게 나를 엄습해 왔다. 새벽 5시 심야 유로버스에서 내려 프랑크푸르트 기차역 앞에 서는 순간 주변은 온통 어둡고 비는 살금살금 내리고 있었다. 예약된 숙소를 찾아가 몇 시간을 잔 후 거리구경에 나섰지만 모든 게 낯설기만 하고 오가는 이들의 표정은 미소보다는 침묵에 가까워 오만스럽게 보이기까지 했다. 지하철을 타도 수다스럽게 떠드는 사람들을 볼 수가 없다. 게다가 지하철은 누구나 다 맘대로 오갈 수 있도록 오프닝되어 있다. 티켓이 없어도 마음대로 이동이 가능하다. 단, 무임승차하다 불신검문에 걸리면 그 대가는 톡톡히 치러야 한다. 자그마치 몇 십 배를 지급해야 한다. 여행 중 만난 한 대

학생은 가끔씩 그런 일이 벌어지곤 한다면서 '무서운 도시(?)' 라고
했다.

티켓은 자동발매기에서 구입하면 되고 개찰구를 지키는 사람도
없다. 역사에 내려서도 직원들의 모습조차 보이지 않는다. 그러니
분위기는 더욱 차갑게만 느껴진다. 쇼핑가의 숍에 들어가도 일본
처럼 직원들이 웃는 얼굴로 친절하게 다가오는 법이 없다. 궁금한
게 있으면 직원에게 다가가 물어보아야만 한다. 한 마디로 썰렁했
다. 이방인이라는 소외감 같은 것이 밀려왔다. 맥도널드에 들어가
커피를 구입할 때도 나이 든 여직원의 얼굴에는 미소가 보이지 않
는다. 같은 유럽이지만 서로 눈이 마주치면 싱긋싱긋 잘 웃어대는
자유분방함과 낙천적인 성향이 드러나는 스페인 사람들과는 전혀
달랐다. 지나가는 사람에게 길을 물으면 친절하게 가르쳐주려고
노력은 하지만 영어가 서로 잘 통하지 않으니 좀처럼 커뮤니케이
션이 안 된다. 처음 보는 사람에게 낯설지 않게 대해 주는 일본이
나 터키 또 스페인의 인간미를 떠올려서는 안 되겠다고 마음먹었
다.

겨울해는 짧기만 했다. 유럽은 더욱 그렇다. 아침인가 싶으면
점심 시간이고, 점심 먹고 한두 시간 지났다 싶으면 다시 어둠이
내려앉는다. 나그네 가는 길 밤이 찾아오면 갈 곳은 두 곳 밖에 없
다. 몸을 눕힐 곳을 찾거나 아니면 선술집이다. 숙소야 이미 정해
져 있지만 들어가도 반겨주는 이 없고 담배 한 개비 피우려면 집
밖으로 나와야 하니 만만한 곳이 술집이다. 더욱이 맥주 맛이 좋

다는 독일에 갔으니 호프 한잔은 당연히 마셔야 하지 않겠는가?

잘 알지는 못하지만 감각만 믿고 술집 안으로 들어갔다. 시간은 여섯 시도 안 되었는데도 작은 술집 안은 자리가 없을 정도로 사람들로 차 있다. 젊은 독일 종업원은 동양인이라는 것을 알고 뭐라 말하려다 머뭇거린다. 이럴 경우 같이 당황스러워 할 필요는 없다. '비어' 라고 말하자 안도의 미소를 지으면서 맥주 한 잔을 내놓았다.

작은 술집은 바를 둘러싸고 앉은 10여 명의 사람들로 꽉 찬 느낌이다. 몸을 자유롭게 움직이지 못할 정도로 공간은 비좁지만 누구 하나 불편하다는 기색은 보이지 않는다. 50대 후반은 되어 보이는 옆에 앉은 중년이 짧은 영어로 말을 걸었다.

'어디에서 왔는가?', '남한인가 북한인가?', '나이는 몇 살인가?', '자신의 전 직장에 한국인 친구가 있었기에 한국 얘기를 많이 들었나', '왜 온자 여행을 왔는가? 비즈니스를 하러 온 것인가?' 등등.

동양인처럼 생긴 키 작은 중년 주인도 단어를 나열하듯이 서툰 영어로 말을 건넸다. '서울을 TV에서 보았다', '한국 사람들도 술을 좋아하지 않는가?', '일본에는 가본 적이 있다', '언제 떠나는가?' 등등

이쯤 되자 술을 마시던 몇 사람들 일부의 시선이 내게로 쏠린다. 조금은 당황스러웠지만 타고난 기질로 짧은 시간 내에 다른 독일인들처럼 술집 분위기에 젖어들었다. 젊은 종업원은 자신의 친구 중

한 사람이 프랑크푸르트에 거주하는 한국인이어서 김치, 소주, 비빔밥을 먹어봤다고 자랑하기도 하고, 또 손님 중 어떤 이는 '독일이 통일되었듯이 남한과 북한도 통일이 되길 바란다' 는 속 깊은 말을 전하기도 했다. 그들과 함께 그렇게 대화를 나누고 음악을 들으면서 독일인들에게 가졌던 선입견은 조금씩 무너지기 시작했다.

맥주 한 잔이 비워지고 두 번째 잔을 주문하려 하는데 주인은 알아서 한 잔을 더 내 앞에 올려놓았다. 눈치가 빠른 사람이라고 생각했다. 그게 아니었다. 옆에 앉은 중년이 사준 술이었다. 솔직히 놀라웠다. '서울도 아닌데 어떻게 처음 본 사람에게 술을 사줄 수 있단 말인가?' 라고. 그렇게 독일 사람들은 겉보기와는 다르게 정이 있었다. 프랑크푸르트에 있는 4일 동안 매일같이 그 술집을 찾아갔다. 전날 봤던 사람들과 인사도 나누고 또 새로운 사람들과 짧은 대화를 주고 받으면서 그렇게 나는 독일과 프랑크푸르트를 끌어안았다.

세 번째 가던 날이었다. 옆에 앉았던 또 한 사람의 손님으로부터 맥주 한 잔을 대접받았다. 서울에서도 흔치않은 일이었다. 의외로 이방인에 대한 그들의 태도는 따뜻한 인간미가 묻어났고 신사적이었다. 마지막 날 한국 문화에 관심이 많다는 젊은 종업원과는 이메일 주소와 전화번호까지 교환하면서 다음에 꼭 볼 수 있었으면 좋겠다고 말했다. 낮 시간에는 홈리스들을 돌보는 사회단체에서 일 하면서 저녁에 4시간씩 아르바이트를 한다는 그 종업원은 아주 건실한 청년이라는 인상을 주었다.

프랑크푸르트를 떠나 파리로 갈 즈음에서는 불과 며칠 동안 머물렀는데도 그 낯설고 차갑게 느껴졌던 도시가 아주 인간적이고 인상적인 도시로 바뀌어 있었다. 특히 그 선술집에서 느꼈던 훈훈한 사람 냄새는 나로 하여금 '프랑크푸르트는 다시 찾아가면 꼭 만나야 하는 친구들이 있는 도시'로 남게 했다.

괴테 박물관

프랑크푸르트에 가면 꼭 한번 들러야 할 곳이 있다. 프랑크푸르트 시내 중심가 암마인에 있는 괴테의 생가는 굳이 문학을 전공한 사람이 아닐지라도 유럽의 대문호 중 한 사람으로 알려진 괴테의 흔적을 더듬어 보는 것도 색다른 즐거움을 안겨줄 것이다.

여동생 코넬리아와 함께 성장하였던 괴테의 생가는 그에 대한 독일인들의 관심과 애정을 확인시켜주듯 외벽이나 내부 가구가 세월의 흐름을 간직한 체 아름답게 꾸며져 있다. 본래 괴테의 생가는 제2차 세계대전 당시 폭격을 당해 파괴되었다. 하지만 4년에 걸쳐 복구시켜 오늘날과 같은 모습을 하게 됐다. 놀라운 것은 당시 괴테의 유품들을 미리 다른 곳으로 옮겨 두었기에 세월이 흐른 지금도 생생하게 괴테의 모습을 둘러볼 수 있다는 것이다. 4층으로 된 건물 내부에는 20여 개의 방이 있다. 가구, 사진, 소품 등이 잘 보존되어 있어 당시 상류층이었던 괴테 가족의 삶을 엿볼 수 있었다. 무엇보다도 부엌과 사용하던 소품까지 실제 상황 그대로 잘 전시되어 있는 것이 인상적이며, 특히 4층에는 괴테가 '파우스트' 1편과 '젊은 베르테르의 슬픔' 등 수많은 작품들을 집필한 방이 있다. 시내에 위치해 있어 지하철을 이용하면 쉽게 찾아갈 수 있다.

호주서 가장 먼저 할 일은 금연

천혜의 자연을 간직한 시드니는 도시이지만 도시라는 느낌보다는 살아 숨 쉬는 자연이라는 말이 맞는 것만 같다. 물 속 모래가 훤히 보이는 오페라하우스 앞의 파란 바닷물과 구름 한 점 없이 청명한 파란 하늘, 그리고 그 사이에 넓은 잔디 언덕과 숲속 같은 정원이 도시 한가운데 있다. 먹고 자고 일할 수 있는 기회가 주어진다면 한국으로 돌아오는 비행기를 나고 싶지 않을 만큼 그해 가을 시드니와의 첫 인상은 한마디로 환상적이었다.

숙소에서 시티까지는 걸어서 10분 이내 거리였다. 시티로 들어가는 초입의 하이드파크는 지금도 동화 속의 언덕처럼 기억되는 곳이다. 작은 언덕에 파란 잔디들이 입혀져 있고 그 사이로 구불구불 이어진 좁은 길이 마치 아름다운 목장길 같은 느낌이다. 그곳에 있는 벤치에 앉으면 정면으로는 대형 건물의 씨 푸드와 킹스크로스가 한눈에 다가온다. 호주의 관광도시 시드니라는 생각보다는 마치 어느 한적한 읍 소재지의 언덕에 와 있는 듯한 각별한 느낌을 안겨주었던 곳이다.

숙소에서 하이드파크 언덕으로 가는 길엔 작고 깜찍할 만큼 귀여운 샌드위치 전문점이 있었다. 테이블은 두 개 정도 밖에 안 되는 이 가게는 테이크아웃전문점이다. 시드니에서 머무르는 동안 하루에 한 번 꼴로 들른 것 같다. 햄버거나 샌드위치를 그다지 좋아하지 않는 내가 이 가게를 자주 들르게 된 데는 화장을 하지 않은 수수한 한국인 여주인 때문이었다. 이쯤에서 혹시 '중년의 로맨스(?)' 사건이라도 있었을까 하는 생각을 갖는다면 그건 너무 앞서가는 것. 첫 번째 호주 여행이었던 터라 현지 정보를 얻는데 도움이 되었고 혼자서 떠난 여행이기에 누군가와의 대화가 그리웠던 나에게 그녀는 좋은 말동무가 되어주었다.

벌써 10년이나 세월이 흘렀지만 아직도 그 가게와 여주인이 들려준 이런 저런 현지 이야기들은 기억 속에서 생생하게 남아 있다. IMF 후 그녀는 남편과 두 아이와 함께 이민을 왔다고 했다. 남편의 실직과 아이들의 미래가 동시에 겹쳐지면서 이민을 결정했던 것이다. 현지 생활에 만족하느냐는 질문에 그녀는 말했다.

"한국에서 생활할 때보다 지출을 넉넉하게 할 수는 없지만 전반적으로는 만족합니다. 뭐라고 할까요. 적게 일하니까 큰 돈을 벌지 못하지만 대신 소비생활에서 알뜰하고 적게 쓰면서 가정위주의 생활문화 속에 익숙해져가고 있는 중입니다. 어쩌면 삶의 여유 같은 게 있어요. 한국에 살 때는 늘 정신없이 바쁘고 그랬어요."라고.

호주에 이민을 온 후 가장 먼저 달라진 사람은 남편이었다. 3개월이 안 되어 담배를 끊더란다. 건강을 위해서가 아니다. 예나 지금이나 담배 값은 한국의 너댓 배에 달하니 그야말로 살인적인 가격(?)이다. 이뿐만이 아니다. 다음은 밖에서 술을 마시는 일이 거의 없다시피해졌다. 대부분의 사람들이 오후 다섯 시 정도면 일과를 마치고 집에 들어와 휴식을 취하거나 취미생활을 즐기는 패턴이다 보니 한국에서처럼 퇴근 후 밤 늦게 도심을 배회하며 술 한 잔 할 일이 없는 것이다. 자연스럽게 가족 중심의 생활 패턴에 익숙해질 수밖에 없는 환경인 것이다. 게다가 집은 랜트가 많은데 임대료가 비싼 편이어서 2002년 당시만 해도 한 가족이 사는 집이라면 월 200만 원이 훨씬 넘는 돈을 내야 했다.

대다수의 숍들은 오후 서너 시가 되면 문을 닫는다. 시내 중심가의 식당가나 유흥업소가 아닌 이상 보통 하루 여섯 시간 정도 가게 문을 연다. 그녀가 운영하는 샌드위치 가게도 9시에 문을 열어 4시면 문을 닫았다. 아무리 장사가 잘 된다 하녀라도 대박은 날 수가 없는 셈이다. 그러니 쓸데없는 곳에 돈을 낭비할 수 없다. 그녀로서는 낮 시간에 친구들 만나 수다 떨고 백화점 할인점 쇼핑을 다니는 대신 하루 여섯 시간 샌드위치 가게에서 직접 일을 하지만 한국에서 생활할 때에 비해 스트레스가 없고 무엇보다도 남편과 함께 보낼 수 있는 시간이 많아서 행복지수는 훨씬 높다는 얘기다. 적당한 휴식이 있는 여유 있는 삶을 살고 있는 것이다. 그리고 그녀가 들려준 또 한 가지 호주이야기는 쇠고기 값이 무척 싸다고 했다. 한국인들이 많이 모여 사는 시드니 외곽의 마을로 나가면 한국식 고기집이 있으니 찾아가보라고 알려주었다. 사실 돼지고기, 쇠고기를 그다지 좋아하지 않는 나로서는 맛있는 고기를 맘껏 먹을 수 있는 절호의 기회도 그다지 특별하게 느껴지질 않았다. 다만 호기심에 그녀가 알려준 대로 전철을 타고 갔다. 아니나 다를까. 쇠고기 2인분이 돈 만 원도 안 되는 착한 가격이었지만 나는 절반도 먹지 못하고 식당을 나와야 했다. 고기 마니아들에게는 쇠고기를 남긴다는 자체가 그야말로 너무도 안타까운 일이겠지만 나로서는 그랬다. 억지로 먹고 화장실에 갈 필요는 없으니까.

샌드위치전문점 여주인의 말처럼 시드니는 여유가 넘쳐나는 도시였다. 급할 것이 없는 슬로우시티 문화가 이미 자리잡고 있었던 것이다. 환경이 바뀌면 자연히 그 환경에 익숙해지는 걸까? 늘 정신없이 바쁘게 시간을 보내던 나도 그때 시드니에서의 시간만큼은 완벽한 느림의 철학을 즐겼다. 오페라하우스, 하버브릿지, 차이나타운, 바닷 속의 대형수족관, 보타닉가든 등지를 늘 여유있게 도보로 이동하면서 찾아다녔다.

바닷의 모래가 훤히 보이는 맑은 바다, 나무로 울창한 공원, 웬만해서는 경적을 울리지 않는 거리의 차들, 천천히 산책하듯이 걷는 사람들, 점심시간이면 운동복으로 갈아입고 공원을 달리던 시티의 직장인들 등등. 시드니는 영원히 있을 수 없는 슬로우시티였다.

여전히 내 기억 속을 깨워주는 또 한 가지 시드니에서의 추억, 그것은 홈리스들이었다. 시드니의 거리나 공원에서 만나는 홈리스들은 돈을 달라고 하지 않는다. 단지 그들에게 절실히 필요한 것은 담배였다. 그들이 먹을 음식은 때가 되면 봉사단체나 사회 자선단체 같은 곳에서 과일, 우유, 빵 등이 푸짐하게 공급되고 있었다. 하지만 담배는 주지 않으니 일반인이나 홈리스나 시드니의 흡연자들에게 간절한 것은 한 개비 담배인 것이다. 처음 며칠은 거리에서 만난 홈리스들이 담배를 원할 때마다 아낌없이 주곤 했지만 내가 가져간 담배들이 줄어들고 사서 피워야 하는 상황이 되자 나 역시 담배 한 개비 나눌 수 없는 차가운 시드니 남자(?)가 되어버리고 말았다.

피곤해서 잠은 오는데 그놈의 소리 때문에 잠을 잘 수가 없다. 이건 음악도 아니고 완벽한 소음이다. 그러니 신경이 거슬려서 두들겨 패주고 싶은 심정이다. 국내 출장 중 지방에 내려가면 혼자서 모텔에 들어가기도 뭐해서 종종 24시간 심야 사우나를 이용하곤 한다. 술을 마셔도 웬만해서는 정신을 놓는 일이 없어서인지 일하고 술 마시고 피곤도 할법한데 신경이 예민해서인지 그 소리를 들으면 잠을 잘 수가 없다. 범인은 당연히 '드르렁드르렁' 대는 코골이 소리다.

'사돈 남 말 한다'는 말이 있다. 꼭 내가 그런 격이었다. 결혼 후 언제부터인가 아내가 대놓고 짜증을 냈다.

"그놈의 코 고는 소리 때문에 잠을 못 자겠어. 술 마시고 들어온 날은 더해. 처음에는 짜증만 났는데 그 다음에는 갑자기 코 고는 소리가 안 나면 긴장이 되더라. 혹시 숨이 끊어진 게 아닌가 싶어서."

결혼 후 일이 바쁘고 술 많이 마시고 게다가 체중까지 계속해서 늘어났으니 나의 코골이는 갈수록 심해졌다. 이런 상황에서 해외여행을 한다는 것이 여간 부담스러운 일이 아니었다. 차라리 혼자서 방을 사용하면 문제될 게 없는데 주로 한인 민박집을 이용하다보니 독방을 사용하고 싶어도 그게 안 될 때가 많다. 민박집의 경우 독방이나 2인 1실은 한두 개 정도밖에 안 되고 대부분 적게는 4명, 많게는 10여 명이 방을 같이 사용하는 도미토리이다. 비용과는 무관하게 하는 수없이 다인실을 이용하는 경우가 많다. 일본이나 중국 여행 시는 모텔이나 호텔을 이용하기 때문에 큰 문제가 없는데 숙박비용에 대한 부담이 큰 유럽의 경우 십중팔구는 이런 문제에 부딪히게 된다. 배낭여행을 하는 학생들이 워낙 많다 보니 민박집들은 다인실 도미토리를 통한 매출 증대가 절대적으로 필요하다.

이미 나 스스로가 코골이가 심하다는 것을 알고 있는 이상 같은 방을 사용하는 사람들이 수면방해로 인한 피해를 볼 생각을 하면 여행이 부담스러울 수밖에 없는 일 이닌가. 때문에 한때는 코골이 수술을 해야겠다는 생각까지 했다. 차일피일 미루다 보니 시간에 쪼들려 수술을 하지 못한데다 그후로는 체중이 줄어들면서 코골이가 좀 줄어들었다는 아내의 말을 듣고 수술을 보류시킨 상황이다.

그러던 중 일은 다시 터지고 말았다. 3년 전 겨울 유럽여행 시 암스테르담에서 프랑크푸르트로 이동하면서 한인 민박을 예약했는데 마침 1인실이 없어 도미토리를 이용할 수밖에 없었다. 운 좋게도 첫날은 5인실 도미토리에서 혼자서 잤으니 마음이 아주 편했다. 코를 골든 이를 갈든 발가벗고 자든 누구 눈치를 보지 않아도 되는 내 세상이었다. 둘째 날 역시 낮잠을 좀 잔데다 무리하게 이동하지 않았고 술도 맥주 두 잔만 마셨기 때문인지 코골이가 심하지 않았던 것 같다. 마침 대학생 한 명이 같은 방을 사용했는데 코 고는 소리를 조금 듣긴 했지만 그렇게 심하지 않았다고 했다.

하지만 세 번째 날은 달랐다. 한 명이 가고 다시 네 명의 젊은 친구들이 방을 같이 사용하게 됐다. 그날은 발에 땀나도록 여기저기 돌아다녔던데다 맥주를 네 잔이나 마시고 열두 시가 넘어 숙소로 돌아왔으니 당연히 코골이가 심했을 터였다. 잠에 빠진 내가 그 상황을 알 리가 없었다. 아침에 일어나 식사를 한 후 옆 침대에서 잤던 대학생에게 혹시 밤에 나의 코골이가 심하지 않았느냐고 묻자 그 학생 기다렸다는 듯이 말했다.

"사실 잠을 몇 번이나 깨었는지 몰라요. 그런데 아저씨 갑자기 코를 심하게 골다가 갑자기 멈추어서 혹시 문제 생긴 거 아닌가 걱정되었어요."

뭐라고 말을 해야 할지 몰라서 연신 "미안합니다."만 되풀이하고 말았다. 네 번째 밤인 그날 저녁 나는 의도적으로 새벽 두 시가 다 되어서 숙소로 돌아왔다. 학생들이 먼저 잠에 빠져들면 그나마 나의 코골이로 인한 수면 방해는 덜할 것 같다는 생각에서였다. 더욱 다행스러운 것은 학생들은 함께 여행을 온 여학생 팀들과 술 파티를 벌이고 있었다. 그러니 내 생각으로는 학생들도 술을 마셨으니 아마 곤하게 잠이 들어 나로 인한 방해는 받지 않겠다 싶었다. 이런 나의 기대는 여지없이 깨져버렸다.

이튿날 아침 식사 시간이 되었는데도 내 옆자리 침대에 자는 친구가 일어나질 않는다. 아침을 먹지 않아도 좋으니 잠을 더 자겠다는 것이었다. 그때까지만 해도 나는 전날 밤엔 코골이로 인한 별일이 없었다고 여기고 맛있게 밥을 먹고 방으로 돌아왔다. 그리고 즐거운 마음으로 그날 돌아볼 관광지를 체크하면서 지도를 보다가 같은 방을 사용한 다른 친구와 대화를 나누게 되었는데, 그 친구 하는 말이 여전히 침대에 누워 잠에 취해 있는 동료를 가리키며, "저 친구가 무척 예민합니다. 밤잠을 설쳐서 많이 피곤한가 봅니다."라고 말하는 게 아닌가? 수면 방해의 범인은 당연히 나였던 것이다. 코골이에 얼마나 스트레스를 받았을까. 그렇다고 아버지뻘 되는 중년아저씨에게 당신 때문에 잠을 제대로 못 잤다고 질타를 할 수도 없으니 말은 안 해도 잠자는 젊은이는 짜증감으로 가득 차 있을 디였다. 그런데도 그 젊으이는 3일 동안 함께 방을 사용하면서 인상 한 번 찡그리지 않고 이런 저런 대화도 응해 주었으니 참 미안하면서도 고마운 일이었다.

집에서 새는 바가지가 나가서는 아니 샐까? 파리로 넘어가 새로운 숙소에서도 역시 나는 젊은 친구들의 수면방해꾼 노릇을 톡톡히 했다. 한 마디로 나 자신 스스로 속상한 일이었다. 그리고 다짐했다. 앞으로는 해외여행 시 한인민박에서 독방을 얻지 못하면 저가호텔이나 비즈니스호텔을 찾아가겠노라고.

'터키탕' 엔 뚱보아저씨들이 있다

사우나를 좋아하는 사람이라면 터키의 '하맘' 을 꼭 한번 가보면 좋을 것이다. 터키의 빼놓을 수 없는 문화이자 관광상품이 되어 있는 '하맘' 은 우리의 대중목욕탕, 즉 사우나와 같은 곳이다. 하맘의 요금은 동네마다 도시마다 제각각이다. 2008년 기준으로 친다면 제일 저렴한 곳은 입욕료부터 마사지까지 다 합쳐도 10리라다. 우리나라 돈 8,000원이니 저렴한 편이다. 어떤 상품이든 서비스의 질은 그 가격에 맞게 따라붙는다. 그러니 동네목욕탕의 서비스 수준을 굳이 물어볼 필요가 없을 것이다. 단, 고급 하맘은 다르다. 입욕 요금, 세신료, 마사지, 비누 총 합하여 요금은 70리라. 우리 돈으로 56,000원 정도다. 서울의 단골 사우나에서 18,000원이면 입욕과 때밀이 서비스까지 해결되는 것을 생각하면 결코 싼 요금이 아니다. 물론 분명히 다른 뭔가가 있다. 우리의 대중목욕탕과는 시설이 다르다. 무엇보다도 정확한 사실 한 가지는 한국에서 흔히 색안경 끼고 보는 터키탕을 생각한다면 그건 엄청난 착각이라는 얘기다. 그곳에는 여성 안마사가 없다. 하맘은 목욕과 휴식을 고급스럽게 결합시킨 독특한 문화를 보여주는 좀 색다른 곳이다.

이스탄불의 번화가 탁심거리에 가면 생긴 지 2백 년이 넘었다는 유명한 하맘을 찾을 수 있다. 겉에서 보기에는 화려하지 않은 그저 평범한 건물이다. 더욱이 골목에 자리하고 있는데다 벽면이나 지붕 그 어디서도 유명세에 준할 만한 흔적을 찾아낼 수가 없다. 내부로 들어가면 얘기가 달라진다. 지하로 이어진 계단을 내려가자 카운터에 깔끔한 양복차림을 한 지배인인 듯한 사람이 눈인사를 한다. 지하 1층, 지상 2층의 건물은 중앙이 뻥 뚫린 형태이고, 정사각형의 건물 지상 1층, 2층의 모습이 한눈에 드러났다. 로비 중앙에는 원형 분수대가 있다. 마치 영화 속의 장면을 보는 듯한 느낌이다.

호기심을 잔뜩 안고 그곳을 찾아간 내가 신발을 벗고 나막신 같은 끌신을 신자 안내하는 남성이 2층의 개인실로 안내했다. 혼자 누울 수 있는 침대, 그리고 물과 재떨이가 올려져 있는 티테이블이 있다. 어리둥절해 하는 나에게 그 남자는 큰 수건을 주면서 터키어로 뭐라고 말하는데 알아들을 수가 없다. 옷을 갈아입고 그것을 두르고 나오라는 얘기인 것 같았다. 탈의실에 들어가 홀라당 옷을 벗고 탕으로 들어가면 그만인 서울에서의 목욕과는 뭔가 야릇한 호기심을 발동케 한다.

옷을 갈아입고 수건을 몸에 둘러서 복부 아래를 감추고 나가자 남자는 문을 잠그고 다시 아래층으로 나를 안내했다. 이번에는 나체의 몸에 나처럼 하체에 수건을 두른 남자가 다가오더니 안내를 한다.

때를 밀어주고 안마를 해주는 우리의 세신사와 같은 사람이다. 재미있는 사실 한 가지는 그들은 하나같이 스모 선수 정도는 아니지만 체격이 큰데다 배가 남산처럼 나온 중년들이라는 것. 마치 중세유럽의 배불뚝이 하인들의 모습을 떠올리게 하는데 그들은 종교적 특성상 절대 알몸은 보여주지 않는다. 서비스를 받는 손님도 마찬가지다. 손님에게는 대형 타월로 하반신을 가려주고 그들은 마치 치마처럼 길고 컬러가 들어간 천을 두른다.

뚱보 아저씨를 따라 들어간 곳은 사방이 대리석으로 단장되고 천장은 6개의 큰 돔에서 다양한 불빛이 퍼져 나오면서 신비스러우면서도 잔잔한 터키음악이 흐르고 있었다. 우리나라의 목욕탕처럼 넓은 탕이 있을 줄만 알았던 내 생각은 보기 좋게 빗나갔다. 가운데 중앙에는 넓은 대리석이 있었고, 남자는 한쪽에 긴 수건을 펼쳐놓고 누우라고 했다. 터키의 사우나 그러니까 터키탕은 스팀식 목욕탕인 것이다. 삼십여 분을 누워 있자 온몸에서 땀이 줄줄 흘러내렸다. 등이 뜨거워지면서 피로가 확 풀리는 듯한 느낌인데다 적당히 잠 한숨 자면 좋은 분위기였지만 낯선 나라에서의 이색적인 첫 경험이어서인지 잠은 오질 않았다.

때밀이 남자는 들어와 나를 6각 모서리 한쪽으로 데려가 앉혀놓고 때를 밀었다. 체격을 생각하면 아플 것만 같았는데 전혀 그렇지 않다. 아주 부드럽다. 일주일 만에 때를 미는 거였지만 유난히 땀

이 많은 체질 때문일까 국수가닥처럼 밀려서 떨어지는 때를 보는
순간 조금은 창피하기까지 했다. 아주 조심스럽게, 그리고 아주 세
심하게 때를 밀어준 남자는 물로 머리를 감기고 몸을 씻겨주더니
다시 나를 중앙의 대리석으로 안내했다. 그리고 20분 정도 안마식
마사지를 해주었다. 마찬가지로 통증을 느낄 정도로 강하게 하지
않았다. 시원하다는 느낌이 들었다. 그쯤 되면 눈이 저절로 감길
만큼 몸은 노근해진다. 다시 남자는 나를 모서리로 데려가더니 부
드러운 털로 만든 타월 같은 것에 비누거품을 묻혀 온몸을 닦아주
었다.

이쯤 되고 나니 아! 그래서 요금이 비쌌구나 하는 생각과 함께
돈 값을 한다는 생각도 들었다. 몸을 씻고 밖으로 나가자 문 앞에
서 기다렸다는 듯이 다른 남자 직원은 대형 타올로 몸을 닦아준 후
하나는 하체를 가리도록 묶어주고 하나는 어깨에 걸쳐준다. 그리
고 작은 수건을 머리에 둘러준다. 그 상태로 로비의 분수대 앞에
놓인 의자에 가서 앉자 무엇을 마시겠느냐고 묻는다. 맥주, 음료,
물 중 나는 물을 택했고 담배를 한 개비 피웠다. 다음은 마지막 하
맘의 서비스, 편안한 취침이다. 처음 옷을 벗었던 룸으로 들어가
수건으로 몸을 감싼 그대로 누웠다. 어떤 생각을 할 겨를도 없이
몸은 저절로 수면 상태로 빠져든다. 한 시간 반쯤 지났을까 직원이
문을 두드렸다. 이것이 바로 깔끔하고 고급스러운 터키의 하맘 서
비스 내역이다.

옷을 갈아입고 나서자 때를 밀어준 뚱보아저씨는 처음보다도

한결 밝은 미소를 며 다가와 인사를 했다. 다시 또 와달란다. 나 또
한 다시 한 번 가고 싶었지만 실행으로 옮기지는 못했다. 한 번쯤
은 몰라도 서민으로서는 그 비싼 하맘 서비스를 여행 중 두세 번
씩 받을 수는 없는 일 아닌가.

터키 목욕탕 '하맘'

사전을 찾아보면 '터키탕은 일명 '로마탕'이라고도 하며, 증기를 사용하는 것이 아니고 밀실에 열기를 가득 채우는 건조욕으로서 땀을 내고 나서 몸을 씻는다'고 설명되어 있다. 고대에는 그리스를 거쳐 로마로 건너갔고, 올림피아에서는 BC 8세기에 마루 밑 난방식을 행하였다고 하니 14세기부터 번성하면서 동로마제국시대를 이끈 터키 땅에 터키탕이 있는 것은 당연한 일인 것이다. 터키의 터키탕. 하지만 그곳의 목욕탕에는 탕이 없으며, 남탕에는 어떤 서비스를 해주는 여성도 없다는 사실만은 분명하다. 이슬람문화권인 그곳에서는 우리의 일부 퇴폐업소와 같이 여성안마사를 고용하여 바디 서비스를 하는 일은 없기 때문이다.

"처음이니까 해드려요."

"아저씬 일하러 왔어요?"

"네. 일도 하고 여행도 할 겸해서요."

"밥은 더 있으니 맘껏 드세요."

"네, 감사합니다. 반찬이 맛있어요."

"별말씀을. 나 솜씨 없어요."

파리에서 머무르는 동안 4일간 머물렀던 한인 민박의 주방아주머니는 서글서글한 인상을 지닌데다 마음씨가 좋아보였다.

2006년 스페인 여행 시만 해도 한인 민박은 대부분 안주인들이 부업삼아 하는 것처럼 보였다. 2010년 유럽여행에서 만난 한인 민박들은 좀 달라보였다. 모든 민박집이 똑같은 방식으로 운영되는 것은 아니겠지만 업소 간 경쟁을 하다 보니 조식만 주던 서비스가 석식까지 추가된데다 동시 수용 인원이 20여 명도 가능한 규모이어서인지 민박집엔 밥 해주고 청소 해주는 아주머니들이 한 명씩 있었다. 재미있는 사실 한 가지는 아주머니들에게서 발견할 수 있는 공통점이다. 한국인 아주머니지만 요즘 서울의 식당에서 흔히 만나게 되는 중국 조선족 여인들이었다. 어떤 경로를 통해 그녀들이 독일, 프랑스 등지의 한인 민박에서 일하게 되었는지는 모르지만 쌀밥과 국, 다양한 반찬들이 그녀들의 손맛에 의해 식탁에 올려지는 것만큼은 사실이었다. 어떤 집에서는 반찬에 조미료가 너무 많이 들어갔다는 느낌을 받기도 했고, 또 다른 어떤 민박집에서는 조선족 아줌마의 음식 솜씨가 아주 좋아 입에서 칭찬이 저절로 나오기도 했다.

또 한 가지 그녀들에게서 공통분모를 발견했다면 그것은 역시 휴머니즘 차원에서 볼 때 한국인들의 가장 소중한 장점이자 무기라고 하는 '정'을 느낄 수 있었다는 것이다. 민박집의 식사 시간은 정해져 있다. 그 시간에 식탁에 앉지 못하면 개인 밥상을 받기란 어렵다. 그도 그럴 것이 숙박하는 여행객들이 한둘이 아닌 만큼 일일이 원하는 시간에 밥상을 차려줄 수가 없으니 당연한 일이었다. 하지만 예외가 있었다. 아주머니들은 식사 시간이 끝나가는데도 나타나지 않는 숙박객이 있으면 방문을 두들겨 자는 사람을 깨워서라도 밥을 먹이려는 인간적인 모습이 역력했다.

프랑크푸르트의 한인 민박에서 만난 조선족 아줌마에 대한 추억이 종종 내 머릿속에 떠오를 때마다 나는 순간적으로 씨늘함과 훈훈함을 동시에 맛보곤 한다.

아침 저녁 식사 시간이 되면 아주머니는 여학생들이 머무는 방문 앞에서 문을 두드리며 소리쳤다.

"혜린이, 아직도 안 일어났니?"

"혜린이, 밥 먹어야지?"

마치 엄마가 딸에게 하는 말처럼 감미롭고 따뜻하게 들려왔다. 어떤 때는 밥을 먹지 않겠다는 혜린의 말에 걱정스러운 혼잣말을 하기도 했다.

"그래도 밥을 먹어야지. 잠만 자면 되니."

뒤늦게 파리의 민박집에서 다시 만나 알게 된 사실이지만 혜린양은 이제 갓 스무 살로 외국에서 고등학교를 졸업하고 대학에 들어간 학생이었다. 아직도 얼굴에서는 소녀 티가 물씬 묻어나는데다 한글 발음이 서툴러서 더더욱 어리게 느껴졌다. 그러니 그 아줌마도 혜린양이 마치 자신의 딸처럼 보호 본능을 갖게 한 것인지도 모른다.

하루는 아침을 먹고 몇 시간 동안 시내투어를 하고 두 시가 넘어서 숙소로 돌아왔다. 연말의 휴일이라서 그런지 문을 닫은 식당들이 많았다. 패스트푸드를 싫어하니 맥도날드 같은 곳을 갈 수도 없고 해서 차라리 숙소로 돌아가 아주머니에게 돈을 드리고 라면을 부탁할 요량이었다. 본래 점심은 각자 해결을 하는 것이 원칙이니 필요하면 돈을 지불하고 부탁을 해야 하는 게 도리다. 주인집 부부는 시내에서 가게를 운영하므로 낮엔 조선족 아줌마 뿐이었다.

"아주머니 죄송한데 시내에 식당들이 거의 문을 닫았네요. 제가 비용은 드릴 테니 라면 좀 부탁드릴께요.”

아주머니는 순식간에 돌변했다.

“본래 아침 저녁만 주거든요. 안 돼요. 주인아주머니 알면 난리 납니다.”

정 많고 친절한 사람으로만 여겼던 아주머니의 돌변에 오히려 내 얼굴이 뜨겁게 닳아오르는 것이 아닌가.

“저도 그건 아는데…… 아니 저는 그냥. 저, 비용은 드리려고 하는데.”

말을 얼버무리다 내 방으로 돌아갔다. 서울도 아닌 남의 나라 땅에서 라면 한 그릇 때문에 못난 꼴을 보였다는 자책감이 크게 밀려왔다. 하지만 10여 분 후 아주머니가 나를 불렀다.

“아저씨 라면 끓여놓았어요. 드세요. 처음이니까 해드려요. 다음엔 안 돼요.”

식탁에는 김이 무럭무럭 나는 뽀글뽀글한 라면과 김치, 밥 한 공기가 놓여 있었다. 말은 그렇게 했지만 역시 아줌마는 정 많은 한국인이라는 것을 실감하며 감사하는 마음과 함께 라면을 국물도 남기지 않고 아주 맛있게 먹어치웠다.

전 세계 곳곳에서 화교들의 활약은 대단하다. 그들의 의지와 상권의 저력에 놀란 적이 한두 번이 아니다. 조선족 아줌마들. 그녀들의 몸엔 한국인의 피가 흐르고 있다. 지금 한국은 조선족 아줌마들이 없으면 문을 닫아야 하는 식당들이 대부분일 정도로 국내 음식점업계는 그들의 힘이 커지고만 있다. 이제 세계로 뻗어나가

는 조선족 여인들의 힘. 그 속에는 정까지 숨어 있으니 가히 칭찬
하지 않을 수 없는 일이다.

험상궂은 삐끼, 한국어로 접근해 오다

'몽마르뜨'. 19세기 후반 이래 고흐·로트레크를 비롯한 많은 화가와 시인들이 모여들어 인상파·상징파·입체파 등의 발상지를 이루면서 근대미술의 발달을 촉진시켰던 곳이다. 이름만 들어도 그곳에 가면 정말 뭔가 좋은 일들이 일어날 것만 같고 거리의 예술가들의 모습을 여기저기서 보면서 역시 예술의 도시, 예술가의 거리는 다르다는 그런 느낌을 갖게 될 것이라고 여겼다. 아마도 나만 이런 생각을 가졌던 것은 아닐 것이다. 파리와 몽마르뜨 언덕을 동경한 적지 않은 사람들이 그러하지 않았을까? 실제로 파리여행 중 만나는 한국인들 사이에서는 몽마르뜨는 다녀왔는지 아니면 언제 갈 것인지에 대해 말을 주고 받곤 한다. 그림이나 화면으로만 보던 낭만의 대명사인 몽마르뜨에 대한 사람들의 관심사는 별반 다를 게 없었던 것이다.

평소 자료조사에 철저하지 못한 습관 탓에 몽마르뜨에 대한 정보는 여기저기서 조금씩 주워들은 게 전부였던 나였다. 파리의 겨울 해는 너무도 짧다. 숙소에서 오후 세 시에 나와 지하철을 한 번 갈아타고 몽마르뜨역에 도착하니 4시다. 하늘은 칙칙하고 어둠이 내리기 시작한다. 이 골목 저 골목을 배회하다가 시장기를 채우려고 빵집에 들어가 커피 한 잔에 빵을 먹으면서 멀리 희미하게 보이는 사크레쾨르 대성당을 바라보았다. 계절이 겨울이어서 거리의 예술가들 모습도 눈에 띄지 않는데다 어둠이 깔리니 몽마르뜨는 여느 도시의 밤과 그다지 다를 게 없다. 다른 게 있다면 가파른 계단과 도로 양 옆으로 늘어선 술집과 식당들이 셀 수 없이 많다는 것과 캉캉 춤을 볼 수 있다는 물랭루주 거리의 네온사인이 아주 현란하게 움직인다는 것 정도였다. 이쯤 되니 대실망이 아닐 수 없다. 어떤 여행자들은 계단에서 그림을 그리는 화가들을 본 적이 있다지만 설령 내가 그들을 보았다고 할지라도 몽마르뜨에 걸었던 기대는 결코 채워질 수 없을 것 같다는 생각을 했다. 상상과 현실의 차이가 큰 것처럼 그랬다.

언제 또다시 오겠나 싶어 가급적이면 불빛 밝은 거리를 두리번거리며 돌아다녔다. 물랭루즈 거리는 각종 바와 성인용품숍 같은 점포들로 환락가의 모습을 드러냈다. 중년의 동양인 남자를 누가 납치할리도 없다는 생각에 초행이면서도 이곳저곳을 뒤집고 다니는데 드디어 어느 여행자가 해준 말처럼 무서운 삐끼들을 만났다.

"헤이, 저팬."

10여 미터 간격으로 서 너 명의 덩치 큰 흑인 삐끼들이 바짝 다가와 말을 붙인다. 인상이 마치 조폭 같은 느낌이다. 그저 들은 듯 못들은 듯 무시한 채 앞만 보고 걸어가자 또 다른 삐끼가 다가와 수작을 부린다.

"헤이 저팬."

"노. 암 코리안."

험상궂은 삐끼가 익살스러운 표정을 지으며 이제는 한국말을 한다.

"안녕하세요."

그냥 웃고 지나치자 뒤따라오던 삐끼는 돌아섰다.

물랭루즈 환락가는 젊은 여성 혼자서는 걸어 다니면 위험할 수밖에 없는 거리라는 느낌을 주기에 충분했다. 알아듣지도 못하는 불어, 영어로 여행자들을 끌어들이려는 삐끼들. 그들은 거칠게 보였다. 그들의 말에 대꾸를 해주다가는 그 큼직한 손에 잡혀서 이상한(?) 업소로 끌려 들어갈 것만 같았다. 아예 말대꾸를 하지 않는 게 상책이라는 것을 나는 빨리 알아차렸다. 같은 숙소에서 만난 한 대학생은 물랭루즈 거리는 섹스거리나 다름없다고 말했다. 그의 말이 맞는 듯했다. 거리를 지나노라면 벌거벗은 여자들의 사진이 업소의 문이나 벽 여기저기에 도배되어 있는 것은 물론이고 속옷차림의 여성들이 섹스용품 숍 안에서 움직이는 모습이 훤하게 들여다보였다.

한참 도로를 거리를 걷다가 다시 지하철역을 향해 거꾸로 걸었다. 이번에는 삐끼들과 부딪히기 싫어 반대편 도로로 걸어 올라갔

다. 반대편 도로가에서는 여전히 내 몸의 두 배는 족히 되어 보이
삐끼들이 오가는 행인들에게 말을 붙이는 모습이 보였다. 자라 보
고 놀란 가슴 솥뚜껑 보고도 놀란다고 했던가. 삐끼들에 대한 첫
인상이 워낙 험악했던 탓인지 몽마르뜨 언덕 지하철역을 향해 골
목길을 오르는 동안 적당히 어둡고 인적이 드문 그 골목에서 삼삼
오오 걸어오는 남자들을 볼 때마다 내 가슴은 적당히 잔뜩 긴장되
어 있었다. '혹시 가방이라도 빼앗아 달아나면 어쩌나' 하는 불안
한 마음에서다.

몽마르뜨와 물랭루즈에 대한 추억은 이렇게 씁쓸하게 끝났다.
뒤늦게야 인터넷을 뒤지다 알게 된 사실이지만 물랭루즈 거리에
서는 술집에 들어가 바가지를 쓰고서도 내가 본 삐끼 같은 주먹들
의 협박(?)에 아무 소리 못하고 나왔다거나 삐끼와 말씨름 하다가
큰일을 당할 뻔했다는 여행자들이 있었다. 또 다시 놀란 가슴을
쓸어내렸던 것 같다.

파리에 대한 낭만적인 환상이 현지에 가면 여지없이 무너져버
리듯이 몽마르뜨에 대한 낭만적인 스케치는 이미 마음속에서 달
아나버린 지 오래다. 가끔씩 '몽마르뜨' 라는 단어를 접하면 천연
덕스럽게 "안녕하세요" 라고 말하면서 가까이 다가오던 흑인 삐끼
의 얼굴이 떠오를 뿐이다. 얼마나 많은 한국인들이 그곳을 찾아가
길래 인사말을 외웠을까 싶기도 하고 다른 한편으로는 우리말로
인사를 하면서 밥벌이를 하는 그는 어쩌면 고마운 한국의 민간문
화사절(?) 이라는 생각이 든다. 그리고 엉뚱한 생각 하나! 그곳의

유흥업소들이 만일 멋지고 점잖은 신사를 삐끼로 내세운다면 장
사가 더 잘되지 않을까?

트램에서 만난 한선생님

　네덜란드의 수도이자 허브공항으로 잘 알려진 스키폴공항이 있는 암스테르담은 시내가 중앙역에서 부채꼴 형태로 형성돼 있다. 때문에 대다수의 버스나 트램은 담 광장 주변을 지나거나 중앙역이 시발점이자 종착역이 된다. 내가 머물렀던 작고 예쁜 2층집 다은이네 집은 중앙역에서 30여 분 거리에 위치해 있었다. 버스보다는 트램을 타고 이동하기가 편했다. 4일 동안 머무르는 동안 매일같이 시내 관광명소나 볼거리를 위해 트램을 타고 시내로 나갔다가 주변이 어두워지고 불빛을 출렁이는 밤이 되면 혹시 이색적이거나 신선한 볼거리가 없는지 거리를 좀 더 헤매다 저녁 7시 즈음이 되면 숙소로 돌아오곤 했다.

　하루는 담 광장에서 트램을 타고 돌아오는 길이었다. 그날은 초저녁부터 눈이 펑펑 내리고 있었고 트램 밖으로 스쳐지나가는 도시의 정경은 한없이 정적이면서도 푸근해 보였다. 게다가 암스테르담의 트램은 다른 나라의 그것들에 비해 꼬마기차처럼 작으니 눈 속을 뚫고 달리는 작은 트램 속에 있는 이방인의 마음은 이국적인 분위기 속에서 적당히 설레이고 있었다.

암스테르담의 트램은 고작 버스 두 칸 정도의 크기로 넓이는 버스보다도 더 좁다. 우리의 지하철을 연상케 하는 터키 이스탄불의 트램과는 확연하게 다르다. 그러니 타고 내리는 사람들의 얼굴을 쉽게 알 수 있다. 자전거를 접어서 들고 탄 사람, 나란히 앉은 노부부, 중국계로 보이는 직장인, 아이를 안은 여성 등 우리의 버스 안 광경이나 별반 차이가 없다. 단 출입문 주변 위주로 서 있는 공간이 더 넓었다. 그리고 조용했다. 수다를 떠는 여성들이나 큰 소리로 전화를 받는 사람들의 모습은 그다지 찾아보기 어렵다. 10여 분쯤 지났을까. 문이 열리자 두 사람의 한국인이 안으로 들어왔다. 유럽인들은 동양인들 중에서도 중국, 일본, 한국 사람들은 비슷비슷해서 어느 나라 사람인지 구분하기 힘들다고 하지만 우리로서는 한눈에 봐도 어느 나라 사람인지 느낄 수 있다. 얼굴형이나 차림새에서 미세한 차이를 발견하기도 하지만 순간순간 느껴지는 사람냄새 때문이 아닐까 싶다.

키가 크지 않은 40대 후반쯤 되어 보이는 두 남자. 그들의 복장은 아주 수수하고 손에는 업무용 가방이 들려 있었다. 여행이나 비즈니스 방문차 온 사람들이 아니라는 것을 쉽게 읽을 수 있었다. 얼굴이 작으면서 동안인 한 사람이 먼저 말을 걸었다.

"한국에서 오셨어요?"

"네."

"여행 오셨나요? "

"여행도 하고 일도 볼 겸 겸사 겸사지요."

"어떤 일 하세요?"

"글도 쓰고 책도 만들고 그래요."

"그러시군요. 이렇게 만난 것도 인연인데 명함 있으세요?"

그는 아주 자연스럽게 자신의 명함을 건넸다. K협회 현지 직원
이었다. 내가 명함을 건네자 그는 놀란다.

"○○○○○ 소속이시네요. 아이고 우리하고 하는 일도 비슷하고
관계가 많은 기관인데……."

조금은 호들갑스럽게 말하는 그를 보면서 나는 피식 웃기만 했
다. 그러자 이번에는 숙소가 어디냐고 물었다.

"저 한국인 민박집에 있어요. 역 이름이 ○○○○ 인데 '다은이네
집' 이라고 부르죠."

그는 더욱 놀라며 신기해 했다.

"거기 주인 내외분 제가 잘 아는 분입니다. 그 형님은 우리 고향
사람이거든요. 제가 대전이 고향인데, 아주 잘 알고 친하죠. 교회
도 같은 곳 다녀요. 와, 인연이네요."

"그렇군요. 트램 안에서 이렇게 만나다니 정말 재미있네요."

10여 분은 족히 대화를 나눈 것 같다. 옆에 함께 있던 동료인 듯
한 한국인은 그와 나의 대화를 듣는 것만으로 흡족한 듯 미소를
짓거나 고개를 끄덕이기만 했다. 이런저런 얘기를 한참 나누다가
그는 곧 내려야 한다고 했다. 즐거운 여행 되라고 전하면서 인사

를 나누었다.

그날 숙소에 들어가 주인아주머니에게 K협회 직원인 한○○ 씨를 아느냐고 물었더니 어디서 만났느냐고 하더니 한 마디 하신다.

"하여튼 그 사람은 발도 넓어. 우리 여기 오기 전부터 남편하고는 선후배 사이였어요. 잘 알지요. 성격 참 좋아요. 말 잘하지요."

외국 현지에서 이미 10년 이상씩 생활을 한 한국 사람들. 트램에서 같은 나라 국민을 만났으니 여간 반가운 일이 아닐 것이다. 더욱이 한국인들 정서는 좀 남다르지 않던가. 나 역시 그 사람만큼이나 트램 속에서의 만남이 놀랍고 즐거웠다. 짧은 시간이었지만 그 덕분에 낯선 외지에서 느끼는 불안감이나 외로움없이 즐거운 시간을 보낸 것은 작은 행운이었다.

그와의 인연은 거기서 끝나지 않았다. 귀국 후 절친한 형님과 대화를 나누던 중 암스테르담 얘기가 나오고 결국 그 사람과 트램 안에서 만났던 일을 들려주자 형님은 깜짝 놀란다.

"야. 정말이야. 그 친구 한○○잖아. 야. 어떻게 그렇게 만날 수 있냐. 내가 2년 전에 암스테르담 갔을 때 현지 바이어 정보를 좀 얻으려다가 그 친구 도움을 받았거든. 나이도 나하고 비슷하고 참 착하던데. 술집에서 같이 술도 마시고 그랬어. 물론 그 친구는 술을 좋아하는 것 같지는 않았는데 음악을 들으면서 이런저런 얘기 많이 했는데……."

한국 사람들은 어딜 가든 한 사람 건너뛰면 사돈에 팔촌, 학교 선후배 고향 친구의 사촌 식으로 연결이 된다더니 그 말이 맞는가 싶었다. 나와는 아무런 연관이 없는 그를 우연히 만났고 그가 아는 집주인이 나와 고향이 비슷한데다 집주인의 아내는 나의 고향에서 가까운 읍 소재지의 사람이고 또 그는 내가 아는 형님과 만난 적이 있는 사람이라니.

사람과 사람의 인연, 그것은 참으로 묘하고도 신기한 일이라는 것을 새삼 느끼게 된다. 여기에 한 가지 더 '사람은 늘 언제 어디서 다시 만날 수 있고 또 다른 누군가를 통해 나란 사람에 대한 이야기들이 곳곳으로 흘러 들어갈 수 있으니 늘 인간미와 진실을 잃지 말아야 한다는 것'을 생각하게 하는 기회였다.

"한 선생님! 함박눈이 내리던 그날 암스테르담 트램에서의 추억은 아주 아름다웠습니다. 아주 오랫동안 소중한 추억으로 간직하겠습니다. 그리고 해외무역 전문가 김영선씨 아시죠. 한국에 오시면 그 형님과 함께 셋이서 만나서 막걸리 한잔 할 기회가 있었으면 좋겠습니다."

암스테르담에서 트램을 이용하려면

트램은 암스테르담의 대표적인 교통수단으로 시가지 전 구간을 그물망처럼 연결하고 있다. 전철 형태지만 우리나라 버스정류장처럼 한 정류장에 여러 가지 트램(노선별 번호가 있다)이 지나간다. 트램을 이용하려면 티켓이 필수. 티켓 종류는 일회용티켓인 2구역권과 3구역권, 15회권과 45회권, 1일권이 있다. GVB(교통안내소)에서 사거나 운전기사에게 직접 구입이 가능하며, 일부 정류장에서는 신용카드로 구입이 가능하다. 단 시내에 숙소가 있을 경우에는 주요 볼거리들이 도보로도 충분히 이동이 가능하므로 트램티켓을 반드시 구입할 필요는 없다. 만일 암스테르담중앙역 인근이나 담락거리 주변에 숙소를 잡았다면 스키폴공항에 내렸을 때 공항지하에서 기차를 타야 한다. 소요 시간은 20분 정도다.

친구야, 택시비 안 준 거, "미안혀"

대다수의 사람들은 처음 만난 누군가가 너무 적극적으로 친근하게 다가온다면 경계를 해야 한다고 생각한다. 이성일 경우라면 상대가 나에게 관심이 있어서 그러는 게 아닐까 생각되어서 부담스럽고, 동성이라면 '혹시 사기를 치려는 거 아닌가' 아니면 '뭔가 목적이 있어서 그러겠지' 라는 선입견을 피해가기 힘들다. 그러다 보니 특히 한국인들은 처음 만난 사람들과는 너무 빨리 쉽게 친해지는 것을 두려워한 나머지 적당히 거리감을 두는 편이다. 더욱이 이국땅 여행길에서 만난 외국인이 마치 오래 전부터 알고 지내는 사람처럼 가까이 다가선다면 신경 써지는 일이다.

어떻게 된 일인지 나는 주변의 보통 사람들과는 조금 다르다. 남자든 여자든 손윗사람이든 아랫사람이든 가까이 다가서고자 손을 내미는 사람들에게 비교적 긍정적이고 적극적으로 응대하는 편이다. 시쳇말로 '오는 사람 막지 않고 가는 사람 잡지않는다' 는 말이 어울리는 스타일인 셈이다. 누군가는 여러 차례 해외여행을 하면서 서서히 길들여진 습관이 아니겠느냐고 말할 수도 있을 거다. 스스로 판단을 해볼 때 그건 아닌 듯싶다. 사람을 무진장 좋아하고 쉽게 믿는 타고난 기질(?)이 있는 것이다. 그래서 종종 나는 인복 많은 사람이라는 생각이 들기도 하고 또 다른 한편으로는 조금은 멍청하거나 순진한 구석 때문에 난감하거나 손해를 보는 게 아닐까 싶기도 하다. 여하튼 분명한 것은 전자에 가깝다는 쪽으로 매듭을 짓는 편이다.

시드니의 킹스크로스 거리는 유흥업소가 밀집되어 있는 거리다. 벌써 10여 년이 지난 일이지만 이곳에서 만났던 뉴질랜드 친구에 대한 기억은 아직도 생생하기만 하다. 한편으로는 '그때 왜 그렇게 냉정했을까?' 하는 생각이 들곤 한다.

이름이 '캐씨'인가 '캄씨'였던가. 나이는 나보다 두 살 어린 그 친구는 눈만 서양인 같을 뿐 피부색이나 얼굴은 동양인에 가까웠고 체격은 체중이 90킬로는 족히 넘고 키는 180센티 정도는 되었던 것 같다. 그러니 좀 살이 찐 것 같아도 건장하다는 이미지가 강했다.

우연히 그를 만난 날은 오전에 오페라하우스와 식물원을 둘러본 후 피곤한 나머지 오후에 낮잠을 잔 날이었다. 저녁 일곱 시 경 눈을 떴는데 밖은 이미 어두웠다. 가져간 라면을 끓여 먹는 것으로 저녁식사를 간단히 해결하고 거리구경이나 할 겸 불길 번쩍이는 거리로 향했더니 그곳이 킹스크로스 거리였다. 유흥업소와 관광객들을 대상으로 한 쇼핑 숍들이 밀집되어 있는 이 거리는 북적이는 사람들과 잡다한 소음들로 넘쳐났다. 한 시간은 족히 거리를 거닐며 이곳저곳 기웃거리다가 맥주 한잔을 위해 분위기가 조용한 펍으로 들어갔다. 의외로 펍 안은 손가락으로 세어도 될 만큼 몇 안 되는 사람들이 흩어져 술을 마시고 있었고 부담없이 가볍게 한잔 하겠다고 바텐에 앉은 것이 뉴질랜드 친구와의 만남으로 이어졌다. 호프 한잔을 절반도 못 마셨을 즈음 한 칸 건너 옆자리에 그가 앉았다. 그리고 어느 순간 눈이 마주치자 그는 기다렸다는 듯이 눈을 깜빡이면서 미소를 지었다. 그리고 말을 건넸다.

"어디서 왔어요. 일본?"

"아뇨. 한국."

"여행 왔어요? 나는 뉴질랜드에서 왔어요. 6개월 정도 됐어요. 3개월 일 하다가 지금은 쉬고 있지요. 뉴질랜드에는 엄마와 여동생이 있어요. 내 나이는 서른여섯 살인데 몇 살이죠?"

묻지도 않았는데 그는 수다스럽게 말을 걸어왔다. 마침 술은 들어가고 심심하던 차에 대화 나누는 거 정도야 부담이 없다고 여기고 응대를 했다. 사실 외국 여행 중 누군가 말을 걸어오면 그것은 반가운 일이다. 이 친구는 시쳇말로 푼수없이 수다를 떠는 식으로 말을 걸어와 약간 비호감(?)이긴 했지만 그러려니 했다.

"내가 나이가 두 살 많지만…… 그래도 친구죠."

"고마워요. 나는 동양친구들을 좀 알고 있어요. 대만과 일본에 사는 친구 두 명이 있는데 자주 연락을 하지 못하죠. 그들도 여기 시드니에서 만났어요. 몇 년 전에도 나는 시드니서 1년 정도 일을 했거든요. 결혼했어요? 아니면 싱글인가요? 나는 결혼했다가 이혼했어요. 그래서 돈도 별로 없어요. 하지만 시드니가 참 좋아요. 이곳이 뉴질랜드는 아니지만 같은 나라나 마찬가지죠. 뉴질랜드 사람들이 여기에서 생활하다가 직장을 잃게 되면 실업수당도 받으니까요.”

이어서 그는 내 맥주잔이 다 비어 있는 것을 보더니 “맥주 좋아해요?”라고 묻는다.

“물론이죠. 자주 마시는 편이죠. 한국에서 마시던 생맥주보다 맛이 다양해요.”

“그래요. 다행이군요. 한 잔 더 안 해요?”

“마실 거예요.”

우리는 각각 맥주 세 잔 씩을 비우면서 잡다한 얘기들을 나누면서 즐겁게 마셨다. 술값은 당연히 각자 지불했다. 한 시간을 넘게 앉아 있던데다 이제는 뭔가 다른 것들을 찾아나서야 되겠디 싶어 일어설 준비를 하자 뉴질랜드 친구는 무슨 말을 하려는 눈치다. 그러더니 결국 그는 말했다.

“미안한데.”

“그게 무슨 말. 전혀. 즐거웠는데요.”

“음. 부탁 좀 하려고요. 우리 집은 여기서 버스로는 사십여 분 가야 하는데 지금은 버스가 없어요. 택시를 타야 하는 데 돈이 없어서……”

순간 머리를 둔기로 맞은 듯한 충격을 받았다. 만난 지 한 시간 조금 더 된 사람에게 택시비를 구걸하다니 정말이지 놀라운 일이 아닐 수 없었다. 대화 나누기에 흡족한 상대는 아니었지만 그래도 그의 차림새를 보아서는 절대 그런 사람일 거라는 생각을 못했기 때문이다. 시쳇말로 그나마 없는 정도 떨어져 나간다는 말이 맞았다. 한편으로는 그런 말을 한다는 것에 놀랐고, 또 한편으로는 불쾌하기까지 했다. '똥 밟았다'는 느낌 그 자체였다. 나는 단호하게 거절했다. 숙소에 지갑을 두고 나와서 나도 가진 게 동전밖에 없으니 줄 수 없다고 말하고 곧장 밖으로 나왔다. 그러자 뒤에서 미안하다는 투의 그의 목소리가 들려왔다. 하지만 나는 더 이상 뒤돌아보지도 않고 바쁜 걸음으로 정신없이 걸었다. 행여 뒤쫓아 와서 귀찮게 하지나 않을까 싶은 생각마저 들었던 것이다.

시드니에서 이런 추억을 남긴지도 꽤 많은 시간이 흘러갔다. 살다 보면 한국땅이 아니더라도 별의 별 사람 다 있다는 생각이 들 때가 있기 마련이다. 어쩌다 시드니와 그 친구 생각이 날 때면 '내가 너무 했나' '그냥 택시비만 줄 걸 그랬나' 하면서 주인 없는 미소를 보내곤 한다.

Again 터키! 그리고 재회

터키를 다시 가게 된 것은 정말이지 아주 즐거운 일이었다. 본래 목적지는 스페인이었다. 티케팅을 하기 전까지는 다시 이스탄불에 갈 수 있을 거라는 기대 같은 것은 하지도 못했다. 오로지 마드리드로 향하는 티케팅을 하느냐 못하느냐로 고민에 빠져 있었다. 이게 웬 떡이란 말인가? 터키항공만이 원하는 일정에 좌석이 남아 있다고 했다. 이스탄불을 경유하는 노선이다 보니 기회는 이때다 싶었다. 3일을 이스탄불에서 머물다 다시 마드리드로 갈 수 있도록 티케팅을 한 것이다.

드디어 4년 전에 10여 일 간 묵었던 숙소 '사마티아'를 찾아갔다. 비즈니스 차 자주 가는 도시가 아닌 이상 일반 여행객이 몇 년 전 갔던 도시를 다시 찾아가는 일은 드물거니와 머물렀던 숙소를 다시 찾는 것도 쉽지 않은 일이지만 사마티아는 그만큼 나에게 특별했다. 이른 아침 눈을 뜨면 창 밖으로 붉은 해가 바닷물 속에서 솟아오르는 멋진 일출을 감상할 수 있는 곳 바로 내 집처럼 편한 민박집과 한국인 주인아주머니, 그리고 숙소 건물 1층에 자리한 슈퍼마켓의 주인인 친구가 있었다. 그들을 다시 만난다는 설렘과 반가움은 마치 이산가족 상봉만큼이나 가슴벅차고 특별한 일이었다.

공항에서 내려 지하철을 탄 후 다시 택시를 타고 도착한 사마티아는 4년 전과 크게 변함이 없었다. 열세 살 난 아들 녀석과 동행을 했으니 동갑나기 주인아주머니는 깜짝 놀라며 더욱더 반갑게 맞이해 주었다. 역시 이스탄불을 다시 찾아간 것은 후회 없는 일이었다.

주인아주머니는 이번 여행이 미술공부를 하는 아이의 해외 박물관·미술관 체험여행이라는 것을 알고 마침 빈센트 반 고흐 전시회가 이스탄불에서 열리고 있으니 가보면 좋겠다는 정보도 알려주고 아들에게 식탁 위 큰 접시에 가득 담긴 귤과 사과를 가리키며 "이건 너 먹으라고 사다 놓은 거야. 많이 먹어."라고 푸짐한 인정을 쏟아놓았다. 쇠고기 장조림을 만들어 아이 반찬으로 건네주고 여행객이 놓고 간 버스카드까지 챙겨주는 각별한 관심을 쏟아주었다. 특히 아이에게는 마치 고모가 조카를 대하듯이 시종일관 살갑게 챙겨주는 모습을 보면서 감동할 수밖에 없었다.

사마티아는 직접 밥을 해먹어도 되는 민박집이다. 혼자 다닐 때도 한국 음식을 직접 만들어 먹는 촌스러운 한식마니아인데다 아이를 동행했으니 비용도 줄이고 먹는 즐거움도 느끼고자 아들과 나는 3박 4일 동안 직접 밥을 해먹었다. 계란후라이나 찜은 기본이고 감자와 양파를 넣고 닭도리탕을 만들었는가 하면 마늘 넣고 고은 닭백숙까지 완벽하게 요리하여 주인댁에도 나눠주었다. 마치 국내 여행을 하면서 민박집에 머무는 듯 그렇게 맘 편하게 쉬면서 배고픔(?)없이 보냈다. 점심은 시내에서 사 먹었지만 아침과 저녁을 그렇게 먹고 싶은 것을 맘껏 먹으면서 관광은 발길 닿는 대로 시간에 구애받지 않고 움직였다. 아이는 집에 있을 때 보다 더 많이 먹고 맛있다면서 대만족이라고 했다.

이스탄불에서의 하이라이트는 역시 세 번째 날 마지막 밤이었다. 주인아주머니가 파티를 준비한 것이다. 그녀와 남편인 이스마엘, 그리고 우리 부자 이렇게 네 사람은 그녀가 구운 케익과 과일, 그리고 와인이 차려진 테이블에 앉아 다시 만나게 된 인연과 또 헤어짐의 아쉬움을 나누었다. 파티의 하이라이트는 아들 녀석의 스케치였다. 사마티아에 온 기념으로 바깥주인인 터키인 남편 이스마엘의 옆모습을 가볍게 연필로 그려서 선물하는 게 좋겠다고 제의하자 10여 분 만에 작품을 그려냈다. 주인집 부부는 초등학교 5학년의 그림 치고는 대단하다면서 아주 흡족해 했다. 스페인으로 가는 길에 다시 들른 이스탄불에서의 추억은 이렇듯 아름다운 사연을 남겼다.

다시 찾아간 이스탄불의 여정에 대한 소개를 여기서 마무리한다면 아니될 일이다. 다름아닌 슈퍼마켓 주인인 나의 친구 칸과의 재회를 빼놓을 수 없는 일이다. 그는 예전과 똑같은 모습이었다. 머리숱이 없어서 나이보다는 열 살 정도 더 먹어 보이기도 하지만 청바지에 두꺼운 니트를 걸치고 유리벽 너머로 슈퍼마켓 밖을 바

라보면서 여전히 밝은 미소를 짓고 있었다. 나를 보더니 뛰쳐나와
양 팔을 벌리고 악수를 했다.

4일 동안 매일같이 하루 한두 번은 그의 슈퍼마켓 카운터 의자
에 나란히 앉아서 커피나 홍차를 마시면서 우리는 수다를 떨었다.
나이 마흔여덟 살의 동갑나기 아저씨들의 수다는 가족 얘기, 정치
얘기다. 큰 아들이 경찰이 되어서 아주 기쁘다고 했고, 둘째 아들
은 수시로 마트에 찾아와서 용돈을 달라고 하는데 안 주려다가도
어쩔 수 없이 준단다. 전원주택처럼 아담하고 예쁜 자신의 집을 사
진으로 보여주기도 했다. EU와의 사이가 그다지 좋지 않은 나라여
서인지 그는 미국이나 유럽 국가들에게는 친근감이 전혀 느껴지질
않는다고 했다. 칸은 유쾌한 친구다. 젊은 아이들처럼 갑자기 팔씨
름을 하자고 하기도 하고, 앉았다 일어 섰다를 반복하며 마치 넘치
는 힘을 주체할 수 없는 청년들처럼 적잖게 부산을 떨기도 한다.
무엇보다도 그에게서 느껴지는 가장 소중한 매력은 밝은 미소와
인정이다. 뭐든지 더 주지 못해 안달이 난 사람처럼 십 분 전에 차
를 마셨는데도 또다시 차를 더하겠냐 아니면 커피를 마시겠냐고
묻는다.

여행에서의 만남은 늘 헤어짐으로 이어지는 연속의 행보다. 다
만 나는 그와의 두 번째 작별을 하면서 미처 챙기지 못한 선물에
대해 아쉬워했다. 한국에서 떠날 때 그에게 줄 작은 선물이라도
준비했어야 했는데 그걸 못한 것이다. 하지만 그는 달랐다. 터키
국기가 새겨진 열쇠고리를 내게 주었다. 선물의 크고 작음이 중요

한 게 아니라 그의 그런 따뜻한 마음과 배려에 나는 또 한 번 감동
했다. 그가 준 열쇠고리를 가방 지퍼고리에 연결시켜 액세서리겸
늘 가지고 다닌다. 그리고 생각한다. 그래 우리 또 다시 만날 수 있
을 거다라고.

사마티아 홈! 그곳에 가려면

아타투르크 공항에 도착하면 제일 먼저 사마티아 홈으로 전화(전화번호: 0212-588-4022(집 전화번호) / 0533-816-1119(핸드폰))를 하자. 입국장에서 나와 오른쪽으로 쭉 가면 시티 뱅크 부스 지나 우체국(PTT)이 보인다. 이곳에서 환전과 전화 카드를 구입할 수 있다. 일반버스 96T를 타고 사마티아 홈으로 갈 생각이라면 공항 청사 밖 A와 B Giris(입구) 사이에 일반버스 정류장이 있다. Havas 버스가 아니라 초록색 96T 버스 정류장. 아타투르크 공항에서 탁심(Taksim)까지 왕복하는 일반 버스 정류장으로 오전 7시부터 밤 9시 반까지 30분~40분 간격으로 운행한다. 사마티아 홈까지는 약 30분 정도 소요되며, 요금은 5리라다. 버스표를 미리 사야 하지만, 공항에 파는 곳이 없으니, 버스에 타고 다른 승객에게 5리라를 주고, 충전용 버스 카드를 이용해도 좋다. 일단 버스에 타면 된다.

버스에 타면서 운전기사에서 "사마티아, 겐치 오스만 두락 루트펜(Samatya Genc Osman Durak, lutfen)"이라고 말하고 탄다. 해변로를 달려 오므로 경치 구경하기 그만인 코스로 해안도로를 달려 왼쪽 편으로 노보텔 호텔이 보일 때부터 약간의 긴장을 하자. 노보텔 지나면 Beskardesler-Yedikule-Hava gazi-Narlikapi 이런 순서로 정거장을 지나는데, Narlikapi 바로 다음 정거장이 'Genc Osman' 정거장이다. 왼쪽으로 성곽이 보이기 시작해서, 예디쿨레 육교, 나를르카프 육교, 다음 세 번째 육교 지나자마자 있는 정거장에서 내리면 된다. 정거장에 내리면, 뒤 돌아가 육교를 건너면 코자 무스타파 파샤 기차 역이 나오고 기차길 아래 두 개의 굴다리를 지나면 자그맣고 운치 있는 사마티아 광장이 나타난다. 광장을 가로질러 데벨리 레스토랑이 있는 계단을 올라가 좌회전해 Nafiz Gurman Caddesi 227번지 방향으로 100미터쯤 가면 갈색 간판의 아다 마켓(Ada Market)이 있다. TUBORG라는 맥주 협찬을 받은 간판이라 아다마켓보다 TUBORG란 글씨가 눈에 더 띈다. 이 건물 4층이 바로 사마티아 홈이다.

아타투르크 공항에서 택시를 타고 사마티아 홈 주소를 기사에게 말하면 20분 안에 도착한다. 운전기사가 어디인지 잘 모르고 헤맬 경우 택시기사에게 전화번호를 주고 사마티아 홈으로 전화를 해 주인장과 통화하도록 한다. 이게 가장 빠른 방법이다! 요금은 30~35리라 정도면 된다.

전화번호: 0212-588-4022(집 전화번호) / 0533-816-1119(핸드폰)

'반달' 윤극영 선생의 후손을 만나다

프리플랜으로 외국여행을 하려면 가장 중요한 것은 티케팅이고 다음은 숙소를 예약하는 일이다. 패키지여행을 병적으로 싫어하는 나이기에 어린 아들을 데리고 떠난 스페인여행도 마찬가지로 내 방식대로 움직이는 여행을 택했다. 더욱이 아이에게 미술관·박물관 투어를 시켜주기 위한 것이었기에 바르셀로나는 반드시 가야 하는 도시였다.

인터넷에서 민박집 정보를 검색한 끝에 고속버스터미널에서 지하철 이용이 편리하고 역과도 비교적 멀리 않은 '바르셀로나 만남민박'으로 정했다. 인상적인 것이 있었다. 수많은 여행객들이 찾아가는 민박집 카페홈에 들어가자 동요가 흘러나온다.

"푸른 하늘 은하수 하얀 쪽배엔 계수나무 한 나무 토끼 한 마리……"

다름 아닌 '반달'이다. 해외여행을 자주 하는 나로서는 다소 의아스러웠다. 카페에서 동요를 듣기는 처음이었던 것이다. 뭔가 잘

못된 게 아닌가 싶다는 생각도 했지만 민박집인 것은 분명한 사실
이기에 출국 전 3일간 머물겠다는 예약 글을 올려놓고 하루치 요
금을 입금시켰다. 그래도 한 번쯤 통화를 해보는 게 좋겠다 싶어
출국 전에 전화를 했다. 나이가 좀 든 듯한 남자의 목소리가 들려
왔고 만남 민박임에 틀림이 없었다.

마드리드에서 여덟 시간 동안 고속버스를 타고 가서 지하철로
다시 갈아타고 숙소까지 갔으니 하루가 꼬박 걸린데다 몸은 피곤
했다. 유럽의 도시에 있는 집들이 대부분 그렇듯이 우리말로 치면
아파트형 다세대주택이다. 대로변에 위치한 만남 민박도 그랬다.
엘리베이터를 타고 들어간 숙소는 공사중인 듯 좀 어수선해 보였
다. 주인은 60대 부부다. 안주인은 젊은시절 미인 소리 좀 들었을
법한 미모다. 바깥주인은 말끔하면서도 조금 깐깐해 보이는 나름
멋쟁이 노신사 같은 분위기다.

문을 열고 들어서자마자 바깥주인이 먼저 입을 열었다.

"집 인테리어를 좀 하고 있어서 좀 복잡합니다. 이해하세요. 워
낙 이곳 사람들은 급한 게 없어서 내일부터 이틀간 휴일이라고 일
도 하다 그냥 가버렸네요."

아들과 나는 오로지 잘 찾아왔다는 안도감과 함께 휴식이 필요
했던 터라 여기저기 건축자재가 널려 있는 것 따위에는 관심도 없
이 일단 안내해 준 방에 짐을 풀고 샤워를 한 후 잠을 잤다.

이튿날 아침 식사시간이 되어 거실로 들어갔더니 넓은 접시
서너 개에 반찬이 푸짐하게 차려져 있었다. 무엇보다도 아들은

돼지고기 볶음을 보면서 눈이 동그래졌다. 워낙 고기를 좋아하는 녀석이다 보니 보기만 해도 침이 넘어간다는 눈치였다. 국과 반찬이 하나같이 입맛에 잘 맞았다. 조미료를 넣지 않은 깔끔한 맛이 느껴졌다. 식사 도중 누군가의 입에서 나왔는지 나는 귀를 쫑긋 세울 수밖에 없었다. 반달 작곡가 윤극영선생의 아들 집이란다. 그제서야 나는 카페 홈에서 반달 노래가 나온 이유를 알게 됐다.

딸이 둘 있는 이 집 부부는 남미에서 오랫동안 살다가 바르셀로나에 온 지 10여 년이 다 되어간다고 했다. 큰 딸은 화가이고, 둘째딸은 한국에서 대학 졸업을 앞두고 있다는 얘기까지 듣게 됐다.

여행 일정이 늘 그렇듯이 그날그날 가야 할 목적지가 있고 시간에 맞춰 움직여야 하므로 식사를 끝내면 곧장 짐을 싸서 밖으로 나가기 바쁘다. 그러니 주인들과 한가롭게 대화를 나눌 시간이 없다.

첫날은 아이에게 꼭 보여줘야 하는 곳, 이를 테면 바르셀로나까지 간 이유를 분명하게 하는 가우디공원과 그의 작품 같은 건축물들을 구경 시켜주느라 정신없이 움직였다. 적당히 피곤해져서 숙소로 돌아왔는데 조금은 낯선 풍경을 발견하게 됐다. 적당히 가부장적인 스타일로 좀 엄한 아버지상이 엿보이는 바깥주인이 주방에서 설거지를 하는 모습을 보게 된 것이다. 외국 생활을 오래 했으니 생활 방식은 합리적인 스타일로 바뀌었는가 싶었다. 그런데 더욱 나를 의아하게 한 것은 그 어르신의 말이었다. 사실은 그날 아침 방에서 담배를 피운 사실이 발각되었다는 것이다. 절대로 방 안에서 흡연은 안 된다는 조금은 딱딱한 충고를 받았던 터라 은근히 거리감이 느껴졌던 터였다.

"박선생, 술 하세요?"

"네, 좋아합니다. "

"그럼, 이따가 같이 와인 한잔 하죠."

주방에서 설거지 하는 모습과 먼저 술 한 잔 하자는 면모에서 그분이 겉보기와는 다르다는 것을 느꼈다. 아니 공과 사가 정확한 분이라는 것을 알게 된 것이다. 샤워를 끝내자 그분은 거실로 나를 불렀다. 와인과 햄, 과일 안주 한 접시가 놓여 있었다. 푸짐한 상차림은 아닐지라도 그분과 단 둘이 마주앉아 와인을 마시는 그 분위기는 아주 특별한 매력 같은 것이 느껴지는 순간이었다. 그의 부친인 윤극영 선생에 대한 이런 저런 얘기도 듣고 미술을 하는 큰 딸에 대한 다양한 얘기도 들었다. 아들이 미술을 한다고 하니 자신의 딸에 대한 일화들도 소개해 주었다. 한국에서처럼 소주 몇 병을 나누면서 시간이 흘러가는 것도 모르고 술을 마시는 그런 풀어진 시간은 아니었지만 먼 나라에 가서 한국을 빛낸 인물의 후손과 와인잔을 나누며 문화와 예술에 대한 대화를 나눌 수 있었다는 것 자체만으로도 나에게는 아주 특별한 선물이자 추억이 되었다.

이 글을 쓰기 위해 잠시 인터넷에 들어가 보니 어느 미술가가 나처럼 그곳에 머무르면서 주인 어르신과 와인 한잔 나누었다는 글이 실려 있었다. 바르셀로나를 언제 다시 찾을지는 모를 일이다. 다만 주인 내외분은 1년 전 뵈었던 모습 그대로 건강하게 생활하면서 많은 한국인 여행객들에게 좋은 추억을 만들어주고 계시리라는 생각을 해본다.

누님의 사망 소식을 듣고 지은 동요

윤극영 선생은 동요작가이자 동요작곡가이면서 아동문화운동가로 알려진 인물이다. 색동회 창립동인이기도 한 그는 1924년 '반달'을 비롯하여 '설날'·'까치까치 설날'·'할미꽃'·'고기잡이'·'꾀꼬리'·'옥토끼 노래' 등의 창작 동요를 발표했다. '고드름'과 '따오기' 등의 동요에 곡을 붙여 동요 보급운동을 전개한 장본인이기도 하다. 점층수법에 의한 동요 창작과 작곡을 통하여 초창기 아동문학운동에 크게 기여한 공로로 1956년 제1회 소파상을 수상했고, 1970년엔 국민훈장목련장을 받기도 했다. 윤극영 선생의 대표적인 동요 '반달'은 그의 맏누님이 죽었다는 소식을 듣고 서쪽 하늘을 바라보며 지은 동요로 알려져 있다.

그러니 바르셀로나 만남 민박에서 하룻밤이라도 머물게 된다면 선생의 아들로부터 우리 문화와 역사의 산증인이나 다름없는 윤극영 선생에 대한 특별한 얘기들을 들을 수 있는 좋은 기회가 될 것이다.

만남민박에 가려면

홈페이지 http://www.mannambcn.com
한국서 전화 시 070-7562-6379, (0034) 93-424-6379

명숙씨! 서울서 만나요

"막내, 잘 도착했나요?"

"장가계 가이드예요."

"형제들도 집에 잘 가셨는지요?"

3박 5일의 장가계 여행에서 돌아온 후 하루가 지나자마자 카톡으로 문자가 날아왔다. 중국 호남성 장가계로 가는 관문인 장사에 거주하는 명숙씨였다.

장사공항에 도착한 여행 첫 날 우리 가족들은 작은 누이의 이름을 쓴 팻말을 들고 있던 그녀를 만나 버스에 올라탔고 그녀의 가이드 임무는 마이크를 통해 흘러나오는 둔탁한 목소리로 시작됐다. 흔히 '여행 가이드' 하면 부드럽고 나긋나긋한 여성적인 이미지를 떠올리게 되지만 그녀는 달랐다. 체격이 작지 않은데다 목소리는 두껍고 강하며 빠르기까지 했다. 한마디로 씩씩해 보였다. 이십여 분 간 이어진 여행 일정과 현지문화에 대한 소개는 마치

학교 선생님의 수업처럼 감정의 기복 없이 조금은 밋밋하게 느껴졌다. 하마터면 '곰보다는 여우가 낫다'는 생각마저 들기도 했다.

사람과 사람의 가까워짐은 시간이 자연스럽게 해결해 주기 마련이다. 이튿날 버스를 타고 다섯 시간 동안 이동을 하면서 누나와 형수들과 조분조분 대화를 나누는 그녀는 지난밤 한족 여성을 떠올리게 할 만큼 무겁고 무표정했던 모습과는 달리 어느새 함께 여행 온 일행처럼 편하고 부드러운 얼굴로 바뀌어 있었다. 이는 어쩌면 나의 선입견이었는지 모른다. 본래 그녀는 상냥한 여자인데 목소리와 체격만으로 그녀의 스타일을 못박아둔 것이 아닌가 싶었다.

할아버지의 고향이 경상북도라는 그녀는 조선족 3세였다. 서른두 살로 세 살 난 아들이 있고, 남편도 함께 가이드를 한다고 했다. 뒤늦게 카톡에 있는 사진을 보고 알았지만 아들이 그녀의 판박이다. 친정 오빠도 가이드를 하고 있다고 하니 온 가족이 한국인 여행객 가이드를 주업으로 뛰어든 셈이다.

여행하는 내내 명숙씨의 안내는 그야말로 시원시원했다. 거침없이 흘러내리는 장가계의 폭포수만큼이나 그녀의 말은 막힘이나 주저함없이 일사천리로 이어졌고 말이 끝나면 깔끔하다는 느낌이 들 만큼 늘 정돈이 잘되었다는 인상을 주었다. 점심 저녁 식사시엔 고량주나 현지 전통주를 서비스로 가져다주어 술 좋아하는 형들과 매형으로부터 점수를 따는가 하면 달랑 8명임에도 불구하고 수시로 한두 사람 씩 사라졌다 나타나는 불편한 일들이 벌어져도 얼굴 한번 찡그리지 않고 웃음으로 마무리를 짓곤 했다. 더욱이 작은 형과 형수가 번번이 뒤늦게 나타나 사람 찾는 소동을 벌였지만 "둘째네 왔어요", "둘째네만 오면 됩니다"라는 말로 긴장된 상황을 한바탕 웃음과 함께 부드럽게 넘기곤 했다.

패키지여행이 다 그렇듯이 하루에 두세 곳씩 반드시 들러야 하는 쇼핑코스는 그녀에게 적당히 인센티브가 주어지는 일인 만큼 우리에게 여우짓을 해서라도 매상을 올리게 할 일인데도 그녀에게서는 그런 면도 보이지 않았다. 인원까지 적은데다 가족여행이다 보니 고작 큰 형수가 보이차 두어 개를 큰 누나가 손자딸에게 줄 베개 하나를 산 것이 쇼핑의 전부였다. 호텔에 들어와서 누가 먼저랄 것도 없이 "우리가 워낙 물건을 안사서 가이드 보기가 민망해."라는 말이 나올 만큼 단체관광 치고 우리는 그녀에게 도움이 안 되는 사람들이었다. 그런데도 명숙씨의 표정은 늘 밝게 웃고 있었다.

그녀에게 미안한 것은 또 있었다. 가족들이 다들 번딕은 없지만 그렇다고 성격이 활달한 것도 아닌데다 한마디로 '멋' 이 없어서인지 그녀의 안내가 끝나도 감사의 박수 한번 치는 법이 없었으니 이를 지켜보면서 내심 '열성을 쏟으며 말해 주었으면 박수라도 한번 쳐주지' 하는 생각이 가시질 않았다. 그렇다고 나 혼자서 박수를 치는 것도 조금은 썰렁한 일인 듯싶어서 마음은 늘 박수갈채를 보냈지만 표현을 하지 못했다.

'있을 때 잘해' 라는 노랫말이 문득 떠오른다. 여행에서 돌아온 후로 내심 걸리는 것이 또 한 가지 있었다. 마지막 날 아침 천문산에 올라갔을 때 가족들이 인근의 사찰을 잠시 보는 동안 나는 마음 놓고 담배도 한 개비 피울 겸 사찰 입구에 잔류했다. 명숙씨 또한 늘 보는 그저 그런 사찰이기에 가이드에 나서지 않고 나와 함께 이런저런 대화를 나누었다. 그때 명숙씨도 한 잔 사줄 겸 커피 한 잔 할 수 없냐고 묻자 그녀는 휴게소로 달려갔다. 아쉽게도 커피를 파는 직원들이 출근 전이란다. 종이컵에 파는 커피 한 잔이 2천 원이라 하니 한편으로는 차라리 안 마시기를 잘했다 싶은 생각도 들었다. 문제는 거기서 끝이 아니었다. 십 여분 후 휴게소 커피 담당자가 출근을 했다. 그러자 명숙씨가, "커피 이젠 마실 수 있다는데요."라고 의향을 물어왔다. 성격의 기복이 심해서일까. 담배도 피우고 난 다음이어서인지 나는 안 마셔도 된다고 했지만 발빠른 명숙씨는 달려가서 커피 한 잔을 사다가 나에게 건네주었다. 현지인들에게 한국 돈 2천 원이란 그냥 흥청망청 써도 될 만큼 작은 돈이 아니다. 세 살 난 아이 떼어놓고 며칠씩 가이드 활동을 하는 그녀에게도 단 돈 천 원은 그냥 써버려도 좋은 돈은 아닐 텐데라는 생각에 미치자 나의 실수였다는 자책감이 들었다. 이런 명숙씨에게 아기 장난감이라도 하나 선물하고 왔더라면 좋았을 걸 하는 아쉬움이 남는 것이다. 그때는 여행 일정 때문에 개인 시간이 없이 바쁘게만 움직이다 보니 미처 그런 배려를 할 마음의 여유가 없었다.

카톡에 들어가면 명숙씨와 그녀의 아이가 함께 웃고 있는 사진이 있다. 명숙씨는 가이드를 좀 더 하다가 부부가 함께 안정적이고 전망이 있는 새로운 일을 찾아볼 작정이라고 했다. 그 때문에 한국에도 한번 다녀갈 예정이란다. 아무래도 아이가 좀더 크면 여러모로 새로운 변화를 택하겠다는 입장이 아닌가 싶다. 밝고 적극적인 삶을 살아가는 성실한 워킹맘의 이미지가 돋보였던 명숙씨.

"명숙씨, 한국에 오면 꼭 연락주세요. 제가 맛있는 밥 한 끼 사겠습니다. 꼭입니다."

눈치 보지 않는 사람들

해외 여행지에서 한국인, 일본인, 중국인을 가장 쉽게 구분하는 방법이 있다고 한다.

시끄러운 소리가 나면 중국인이고 명품 쇼핑을 많이 하는 사람들은 한국인들, 그리고 소리없이 몰려다니는 사람들은 일본인이란다. 여행객들을 보면 그 나라 사람들의 성향을 쉽게 파악할 수 있다는 것은 빈말이 아니다.

중국인들은 서너 명만 모이면 때와 장소를 가리지 않고 시끄럽게 떠든다. 중국어 억양의 특성도 있겠지만 대체적으로 그들은 남의 눈치를 보지 않은 편이다. 서너 명이 대화를 하는데도 마치 싸움이 일어난 것 못지않게 시끄럽다. 일본인들은 그 반대다. 어딜 가든 속삭이듯 작은 소리로 말하며 매사에 조신하게 대응하는 편이다. 타인에게 방해가 되지 않으려는 문화적 습성이 길들여져 있어 지하철을 타도 빈자리에 먼저 앉기 위해 뛰어가는 일은 결코 없으며 처음 만난 사람에게도 예의를 깍듯하게 갖추어 조신한 태도를 취한다. 한국 사람들은 삼국이 처한 지리적 위치처럼 중국과 일본의 그 중간쯤이다. 아주 시끄럽진 않지만 그렇다고 아주 조용하지도 않다. 최근엔 워낙 많은 사람들이 해외여행을 떠나다 보니 외국의 유명 관광지에 가면 여기저기서 한국 사람들의 목소리가 들려온다. "빨리 따라와." "여기야 여기."

금융권에 있는 지인 중 한 사람이 지난해 가을 직장에서 유럽단체여행을 다녀와서 들려준 얘기는 '하여간 명품이라면 사족을 못 쓴다' 는 말이 저절로 나온다. 패키지여행이어서 이태리의 어느 명품숍을 들르는 코스가 있었던 것이다. 일행 중 미혼 여직원들이 적지 않았는데 한 여직원의 명품 가방 구입 비용이 자그마치 3천만 원이 넘었다고 한다. 명품에 사족을 못쓰는 것은 비단 그 여직원만이 아니었나보다. 이들을 인솔했던 가이드가 혀를 차며 하는 말이 "매장 직원이 말하기를 숍이 생긴 이래 해외 단체관광객 1회 쇼핑매출 규모 중 오늘이 최고였다면서 놀라던데요."라고 했단다. 남의 눈치 따위는 안중에도 없는 것이다. 이를 테면 '내 돈 가지고 내가 쓰는데 누가 뭐라고 한단 말인가' 라는 식의 오만이 팽배해지지 않은 이상 이런 자화상을 남기지는 못할 것이다. 외국인들이 들으면 참으로 불편한 에피소드인 것이다.

명품에 대한 추종이 이쯤 되다 보니 공항의 세관통과 시 분에 넘치게 구입한 명품 때문에 비행기 왕복티켓 값에 달하는 세금을 물고 나오는 이들도 적지 않은 게 우리의 실상이다. 요즘 들어서는 혼수에 명품 백을 주고 받는 게 통례처럼 되었다는 소리를 들었다. 어느 고위직 부인은 사돈집에서 명품 백을 고르라고 하자 3천 만 원짜리 백을 서슴지 않고 집더라는 얘기도 들린다. 참 한심한 노릇이라고 비난을 하면 어떤 말이 나올까. 모르긴 해도 명품을 좋아하는 사람들이라면 남의 일에 신경쓸 일 아니라는 말과 함께 '촌스럽다' 는 비아냥거릴지도 모른다. 그런 상대들과 가슴 치며 입싸움 하기에는 시간이 아깝다는 게 나의 생각이니 명품 추종 마니아들에 대해서는 이쯤에서 말을 아끼기로 하자.

'남의 눈치' 에 관한 반드시 집고 넘어갈 사람들이 또 있다. 중국인들이다. 고급식당은 좀 덜할지도 모른다. 중국음식점의 보편적인 분위기는 좀 복잡스럽고 시끄럽다. 한 끼 식사를 하는 자리인 만큼 좀 조용한고 안정적인 차분한 분위기가 필요하지만 중국 식당들은 일반적으로 그렇지 않다. 여기저기 대화 소리가 마치 말다툼 이상의 소리처럼 시끄럽다. 더욱 놀라운 것은 종업원이나 주인들의 언행이다. 그들에게 남의 눈치란 관심 밖의 일이다. 손님들이 식사중인데도 서로 큰소리로 말하고 웃고 화내는 것은 아주 자연스러운 일이고 설령 그릇 하나 떨어뜨려 깨지는 일이 있어도 당황해하거나 주변의 눈치를 살피며 얼굴을 붉히는 일은 없다. 고객에 대한 예의와 친절서비스가 몸에 박힌 일본인들과는 정반대격이다. 한국의 식당들도 한가한 시간이다 싶으면 종업원들끼리 서로 대화를 나누는 모습은 심심찮게 볼 수 있지만 중국인들의 경우는 '이건 아닌데' 라는 말이 저절로 나올 정도로 고개를 흔들게 한다.

자신이 하는 말이나 행동이 정당하다면 굳이 남의 눈치 볼 일은 없다. 단 타인에게 방해가 되어서는 안 된다는 전제하에서다. 중국의 요리는 세계적으로 유명하다. 그럼에도 불구하고 그들의 요리가 호텔이나 고급 식당을 찾는 미식가들의 입맛만 즐겁게 해줄 뿐 대중화에서는 성공하지 못하는 것은 무엇일까? 먹고 싶으면 먹고, 먹기 싫으면 먹지 말라는 식으로 남의 눈치 따위에는 아랑곳하지 않는다는 국민성과 상관관계 있는 것은 아닌지 모르겠다.